GOD EATER® 2
moonlight mile

箕田貞利

illustration
片桐いくみ

原作／バンダイナムコゲームス

contents

GOD EATER 2
moonlight mile

GOD EATER® 2
moonlight mile

箕田貞利

illustration
片桐いくみ

原作／バンダイナムコゲームス

デザイン／渡邊宏一(2725Inc.)

1　道標《どうひょう》　二〇七四年七月

かつて日本と呼ばれたこの地には、玲瓏《れいろう》と夜を照らす月の呼び名が数多あったという。

朔《さく》、始生魄《しせいはく》、弓張り、幾望《きぼう》、望月《もちづき》、朧月《ろうげつ》、玉桂《たまかつら》。挙げればまだまだきりがない。

満月を一日過ぎた今宵の月は十六夜《いざよい》、またの名を不知夜《いざよい》という。

夜を知らぬとはよく言ったものだ。そう思いながら、ソーマ・シックザールは前方の障害物を避けるため装甲車のハンドルを切った。

かつてここに建っていたビルの柱かなにかだろう。半ば風化してひしゃげたコンクリート柱が、鉄筋を内臓のように露出させ地面から五〇センチほど飛び出していた。

飢えた捕《ほ》喰《しょく》者の注意を引かぬため、走行中もヘッドライトは消してある。だが篝火《かがりび》のように浮かぶ月のおかげで、夜目の利くソーマには荒野の些細《ささい》な凹凸《おうとつ》まで見て取れた。食べ残しの柱をかわすなど造作もない。

「シオちゃん、今夜もきれいですね」

後ろの兵員室から身を乗り出してきたアリサ・イリーニチナ・アミエーラが、小さなフロントガラス越しに月を見上げ微笑《ほほえ》んだ。

くすんだ銀髪のロングヘアに赤いベレーを乗せた横顔を見れば、多くの男が彼女が口にしたのと同じ台詞《せりふ》で称《たた》えるだろう。

実際アリサは後輩たちによくモテる。だがソーマは美貌《びぼう》やスタイルの良さだけが理由ではないことを知っていた。

三年前にロシア支部から赴任してきた当時の刺々しさが影を潜め、率先して模範的な行動を示すようになっていたからだ。一五歳だったアリサも、もう一八になる。

変わったのはアリサだけではなかった。ソーマ自身も二一歳になり、大人と呼ばれるようになった。

この三年いろいろなことが変わったが、一番大きな変化は月にもう一つ呼び名が増えたことだ。ソーマやアリサだけでなく、その理由を知っている者たちは、今では月を『シオ』と呼ぶ。

フランスという国の言葉で仔犬という意味だが、今はそんな名前の国はどこにも無い。国と呼べるものはとっくのむかしにみな文字どおり喰い尽くされてしまった。今の世界の人口は最盛期の一〇〇分の一以下だ。

「明るすぎるくらいだ。あいつらしいっちゃ、あいつらしいがな」

ソーマは西の山脈の上で輝く月をちらりと見やり、アリサの投げた言葉に応えた。あの月を追っていけば直《じき》に目的地に着くはずだ。

「月並みな返事。女の子なんですから、ちゃんと『きれい』って言ってあげたらいいじゃないですか」

アリサはそう言いながら隣の助手席に身を沈めた。視界の隅でいたずらっぽい笑みを浮かべているのが見える。なにを勘違いしているのか知らないが、冷やかしているつもりらしい。

フェンリル極東支部独立支援部隊クレイドルに配属が変わって以来、ソーマとアリサは二人だけで任務をこなす時間が増えた。

支部を出ればほかに話し相手がいないので、アリサも暇なのだろう。たびたび他愛《たあい》ない話題を振って絡んでくるようになった。いつもはテキトーに相槌《あいづち》を打ってやり過ごしているのだが、そう攻めてくるならこちらにも考えがある。

「シオには『偉い』か『偉くない』かくらいしかわからねぇだろ。だいたい、きれいなんてお前がユウに言われたい台詞じゃないのか？」

そう言うと、アリサは飛び上がりわたわたと両腕を振り回し始めた。

「な、ななななななに言ってるんですか⁉　そ、そんなずうずうしいこと思ってるわけないじゃないですか！　取り消してくださいっ！　ドン引きです！」

狭《せま》い車内で暴れられては邪魔なことこの上ない。ソーマは身体を傾け運転席の横の覗《のぞ》き窓に身を寄せた。

「ば、馬鹿野郎、狭いんだから暴れるな」

だがアリサはおかまいなしに、ハンドルを握っているソーマの左腕を掴《つか》んで激しく揺さぶりだした。車内が明るければ顔を真っ赤にしているのが見えたに違いない。

「ソーマ！　ユウが帰ってきても変なこと言わないでくださいよ!?　もし余計なこと言ったりしたら、承知しませんから！」

　銃でも持っていたら突きつけてきそうな勢いだ。背中を預けた仲間に後ろから撃たれたらたまらない。ソーマは蛇行する装甲車を立て直すため強引にアリサの腕を振りほどいた。

「わ、わかったから手を放せ！　運転中だぞ！」

「あ、す、すみません」

　我に返ったアリサが手を放したので、ソーマはハンドルを戻し車体を立て直した。ついでに肩口まで引きずり下ろされた白い仕官服の襟《えり》を正し、ため息をつく。

「お前、ユウのことになるとほんと見境ねぇな……」

「あ、当たり前じゃないですか。私の心を救ってくれた恩人なんですから……」

　神薙《かんなぎ》ユウは、ソーマとアリサが以前所属していたフェンリル極東支部第一部隊の先代リーダだ。今はフェンリル本部からの要請で欧州に飛んでいる。

　ユウは先々代の第一部隊隊長雨宮《あまみや》リンドウと並び、ソーマが己に匹敵する実力の持ち主と認める数少ない戦士だ。

　普通の人間でありながら、ソーマと狩りの腕でタメを張れるのはユウとリンドウ、あとは噂に聞くブラッドとかいう特殊部隊の連中しかいまい。

意趣返しは果たしたし、いつまでも我らがリーダーの話を蒸し返していたら車が横転しかねない。ソーマは目下、最も気にかけるべき事態に話題を変えた。

「で、赤乱雲《せきらんうん》の動きはわかったのか？」

アリサも即座に戦士の顔に戻りきびきび報告し始めた。

「はい。極東支部からの無線によると、発生が確認された赤乱雲は直径約一五キロ、雲頂高度約一七キロに発達しながら北東に時速七〇キロほどの速さで移動しているそうです。大きいですね……」

おまけに速い。さぞかし盛大に赤い雨が降ることだろう。ここから北東というと、ソーマたちの本拠地であるフェンリル極東支部のほうへ向かっていることになる。

ソーマたちがアナグラと呼ぶ極東支部の装甲ビル内にいれば問題ないが、そこに入れてもらえない外部居住区の難民たちの中には雨に濡《ぬ》れる者も出るだろう。そうすれば致死率一〇〇％と言われる黒蛛病《こくしゅびょう》に罹患《りかん》して一巻の終わりだ。

支部長代理兼技術開発統括責任者のペイラー・榊《さかき》が、アナグラで必死に黒蛛病の研究をしているが未だ治療法の確立には至っていない。

だからこそ自分たちクレイドルが任務の達成を急がなければならなかった。

極東支部と同じような生産と消費を自己完結できる完全環境都市《アーコロジー》、サテライト拠点を建設し、赤乱雲と恐るべき捕喰者たちから生き残った人々を守るのだ。そのための候補地選定と建設支援、防衛がソーマたちの任務だった。

ソーマはアクセルを踏み込みながら、様々な計器類が取り付けられたコンソールに目を落とした。偏食場探知レーダーに異常はない。耳鳴りや悪寒もなし。追跡者はいないようだ。このまま進んでも問題ないだろう。

緩やかな丘を越えるとアリサが助手席で身を乗り出した。

「うん！　第二サテライト、順調に建設が進んでますね！」

三キロほど先の荒野の真ん中に、格子状に輝く巨大な壁がそびえ立っている。まるでオレンジ色の光の檻《おり》だ。

高さは優に五〇メートル。設計上は高さ一〇〇メートル、外周四・七キロが必要とされている。サテライトに入植する住民たちを外敵から守る防壁だ。

近づくと壁は高さ五メートルほどの分厚い金属板をタイル状に並べ、不気味な肉質の生体組織を目地にしてつないでいた。

その生体組織の所々で、掌《てのひら》ほどの大きさのオレンジ色の球体が輝いている。ソーマやアリサには見慣れた捕喰者たちの指令細胞群、コアだ。これのせいで遠くからは光の檻のように見えたのだ。

自分たちが来ることは、アリサが助手席に収まる前に無線で伝えてくれている。迎え入れるように巨大なゲートが左右に割れ、ソーマは速度を落とし巨獣の口を思わせるゲートに装甲車を乗り入れた。

装甲壁の内側は直径一・五キロはあろうかという円形の広場になっていた。中央にむかし本で見た中世の城の基部のような台形のシェルターがある。その周囲に作業員たちが寝泊りするテントが幾つも張られていた。

テントは分厚い防水布製だが、巨大なシェルターは金属製で表面に防壁と同じタイル状の装甲が施《ほどこ》されていた。

中央シェルターの両脇には、背後にあるプラントと防壁のレーダー塔を結ぶ馬鹿でかいパイプラインが何本も走っている。

防壁に等間隔に設置されているレーダー塔は、プラントで生成された偏食因子を装甲壁の生体細胞に供給したり、周辺の偏食場を観測して敵の襲撃に備える役目を担っていた。

もう夜中だというのに、中央シェルターや防壁のあちこちで煌々《こうこう》とサーチライトが灯り、巨大なクレーンが長い首を振って建築資材を持ち上げている。

大勢の作業員があげる溶接トーチの火花も至る所に見えた。一刻も早くサテライト拠点を完成させるため、昼夜を分かたず建設作業が進められている。

中央シェルターの前で車を停めると、作業員用出入り口のシャッターが開き、充電ケーブルや工具箱を抱えた整備士が数人飛び出してきた。ソーマの装甲車に充電し車体の整備や物資の補給をするためだ。

化石燃料のインフラが壊滅して久しく、この時代の車輛《しゃりょう》はすべてアーコロジーの地下核融合炉で発電される電気を動力源としていた。

放っておいても車のことは彼らが面倒を見てくれる。ソーマとアリサは、第二サテライトへ来た目的を果たすため駆動シートを降下させ、車体側面の分厚いスライドドアから車外へ出た。

蒸し暑い熱風がソーマのハーフコートのような仕官服の裾《すそ》をはためかせ、薄く金色がかった白髪をなびかせる。浅黒い褐色《かっしょく》の肌が髪と服の白さを際立たせていた。

乱れた髪をかき上げ、ソーマは視線に気がついた。うす汚れた黄色のツナギを着た少女が、武骨な一四輪装甲車の充電ソケットにケーブルを差し込んだままこちらを見上げている。目と目が合った。

「夜中に悪いな。よろしく頼む」

そう労《ねぎら》うと整備士の少女は頬《ほお》を上気させ元気な声をあげた。

「は、はい！　ソーマさんに声をかけてもらえるなんて感激です！　起きてた甲斐《かい》がありました！」

自分などに声をかけられたくらいでそんなに喜ぶ気が知れないが、同じような反応をする女性職員は極東支部に増えていた。

これも三年間の変化の一つというやつだ。面倒なので深く追求したことはないが、アリサに言わせれば宝の持ち腐れということらしい。

だがソーマにとって、顔も見たことがない母と思い出したくもない男の血を引いた顔立ちは、長い間忌々《いまいま》しいだけのものだった。

「よう色男、遅かったな」

キザったらしい声に顔を上げると、作業員用出入り口から見知った顔の男が二人やって来た。

この第二サテライト建設現場の防衛を任されている、第三部隊のカレル・シュナイダーと小《お》川《がわ》シュンだ。どちらも歳はソーマと大して変わらない。二人とも肩の上に全長二メートル近くあるごつい武器、神機《じんき》を乗せている。

声をかけてきた金髪癖《くせ》毛《げ》の細身の男、カレルの神機は六つの銃身を束ねたガトリングガンのような形状をしている。

カレルの背後でニヤついた笑みを浮かべているシュンは、ロングブレードの近接武器型神機を担いでいた。

ソーマの位置からは見えないが、二人の神機はグリップの上部に剝《む》き出しになったオレンジ色に光るコアと、右腕の赤い金属製の腕輪を通して生体組織で結ばれているはずだ。

同じ腕輪はソーマとアリサの腕にもはめられている。死ぬまで外すことのできない呪われた手《て》錠《じょう》だ。

この腕輪から定期的に偏食因子の摂《せっ》取《しゅ》を受けなければ、自分の神機に喰われるかいずれ自分が狩られる側になる。

「あんまり近づくと喰われちまうぜ。新入りは知らないだろうけど、ソーマは普通とは違うからな」

シュンがソーマに見とれていた少女に声をかけた。だがその声に、むかしのように喰ってかかるような調子はない。馴染《なじ》み相手への軽口のつもりなのだろう。カレルもシュンも、かつてはソーマのことを死神、化け物と呼んで忌《い》み嫌っていた連中だ。

「言ってろ。ジーナはどうした」

ソーマはシュンの軽口を受け流し、もう一人いるはずの第三部隊の女の名を尋《たず》ねた。

「あそこだ」

カレルが数百メートル先のパイプラインを支える鉄塔の上を指差した。

見上げるとカレルたちの神機よりもさらに長いスナイパー型神機を肩付けした女が、ソーマたちが来た東の方角を警戒している。

風になびくライトニングシルバーのミディアムヘアが、鈍く月の光を反射しているのが見て取れた。ソーマの視力ならではだ。

顔の上半分を覆《おお》う暗視ゴーグルを装着しているがジーナに間違いない。

「今のところ一度も襲撃なんて無いんだがな。しょっちゅうああやってる」

カレルが呟《つぶや》くと、シュンが面倒臭そうに肩をすくめた。

「クレイドルが長いこと定点観測して榊のおっさんが太鼓判《たいこばん》押したんだろ？　あんなに警戒し

なくてもいいのによ」

「まったく、おかげでこっちは商売上がったりだ。これほど金にならない場所だったとはな」

カレルが忌々しそうに毒づいた。だったら神機を担いで出迎えになど出てこず、さっさと不《ふ》貞寝《てね》でもすればいいものを。

「その割には付き合いがいいようだな」

ソーマが愚痴《ぐち》の矛盾《むじゅん》を指摘してやるとカレルは鼻を鳴らした。

「腐れ縁ってやつだ。放っておけ」

フェンリルでも数少ないソーマたち実戦部隊員の収入は、ほかの一般職員より遙かに高額だ。配給生活の難民たちが目を剝くほど恵まれた生活環境も与えられている。それでも飽き足らず、この二人のようにボーナス目当てで危険な任務を望む者もいる。

神機の適合者として腕輪をはめられた以上、どんな形であれ奴らと死ぬまで戦う運命からは逃れられない。後からこじつけた戦う理由とやらは人それぞれだ。

「じゃあ、さっさとブツを預かろうか」

カレルがあくびを漏《も》らしそう言ったので、ソーマは二人を伴い装甲車の背後に回り込んだ。すでに兵員室の後部ハッチが開けられ、アリサが搬出の準備をしている。

「お疲れ様です」

縦六〇センチ、横一メートル、高さ三〇センチほどの金属製コンテナを積み上げていたアリサが、カレルたちに挨拶《あいさつ》した。

「おい、アリサまた胸が大きくなったんじゃないか?」

「ジーナに聞こえても知らんぞ」

背後でシュンとカレルが囁《ささや》き合うのがはっきり聞こえたが、ソーマは放っておいた。

アリサは新しく支給された白いノースリーブの仕官服のボタンを下までちゃんと留めることができず、いつも臍《へそ》を覗かせている。

赤く短いチェックのフレアスカートに腿《もも》の半ばまである黒いロングブーツという出立ちも、ソーマにはただ戦いづらそうに見えるだけだ。

ソーマはアリサが積み上げたコンテナのひとつに歩み寄りロックを外した。圧縮された内部の空気の漏れる音に続き、冷却装置で冷やされた冷気が隙間《すきま》から溢《あふ》れ出す。

蓋を開けると、中にはオレンジ色のコアが収められた円筒形のガラスケースが幾つも並べられていた。

ソーマはその一つを手に取りカレルに放った。もちろん、目には見えないがケースには偏食因子が練り込まれている。強度は防弾ガラス並みだ。取り損ねたくらいで割れはしない。

カレルは受け取ったケースのラベルを見て目を剝いた。

「こいつは第一種接触禁忌種のやつじゃないか。これみんな、お前ら二人でやったのか?」

「まあな」

ソーマが素っ気なく答えると、シュンがコンテナに駆け寄りほかのケースを手に取った。

「おい、感応種のもあるぜ！」

カレルが肩をすくめ、ため息を漏らした。

「たまらんな。ブラッドとかいう連中も極東に来てるんだろ？　早くここを完成させちまってアナグラに戻らないと、俺たちの稼ぎ口みんな掻《か》っ攫《さら》われちまうな」

「まぁ、これだけコアを補充してもらえば、防壁もちったぁ早くできんだろ〜。泣くなって」

シュンがカレルを慰めた。

なにはともあれ、このコンテナをカレルたちに引き渡せば用は終わりだ。後は車の整備と補給が終わるのを待って自分たちの任務に戻るだけだ。

ソーマとアリサは新しいサテライト拠点の候補地に適した場所を探す傍《かたわ》ら、見かけた敵を狩り殺し防壁の建材として欠かせぬコアを収集していた。ここを訪れたのは補給も兼ねてそれを届けるためだ。

突然、襟元に付けられた小型短距離通信機からジーナの低く短い声が響いた。

〈南西三キロ、様子がおかしい〉

オープンチャンネルで送信された電波は、アリサやカレルたちにも届いている。全員がジーナのいる鉄塔を見上げた。

いつのまにかジーナが先ほどまでとは反対の方角に神機を向けている。

「なんだ？　また赤乱雲でも……」

　シュンが間延びした声でそう漏らした次の瞬間、ソーマは長い針で鼓膜《こまく》を貫かれるような耳鳴りと頭痛を感じた。それと共に身体の芯に火がついたように、わけのわからぬ闘争心と耐え難い渇《かわ》きが湧き上がってくる。

　シュンとカレルはまだジーナを見上げている。ソーマにしかわからぬこの不快感の意味するところは一つしかない。

　飢えだ。

　そしてその飢えをもたらす相手はこう呼ばれている。

　アラガミ。

　二〇数年前、突如現れ瞬《また》く間に世界を喰らい尽くした人知を超えた生命体を、人々は畏怖《いふ》を込めこの極東の荒ぶる神々になぞらえた。

「アリサ！」

　ソーマはアリサを振り向き鋭く叫んだ。

　長い間一緒にいるアリサは、ソーマの言葉の意味を即座に理解し装甲車の兵員室に飛び込んだ。

　一息もつかぬ間に、取っ手のついた長さ二メートルもある重そうな長方形の金属ケースを手にハッチに現れる。そしてその場で身体をひねり、全身のバネとケースの重さを利用してケースをソーマめがけ放り投げた。

「ソーマ！　どうぞ！」

ソーマは二〇キロはあろうかというケースを両手で受け止めると、その勢いを利用して身体をひねり向きを変え、ケースの取っ手を摑んで一気に南西の壁目指し走り出した。

ソーマが走り出すのと同時に、サテライト全体に耳障《みみざわ》りな警報が鳴り響く。

〈南西三キロ地点に当拠点へ向け移動する大型の未確認偏食場発生源を複数観測！　偏食場の干渉で正確な数は不明。第三部隊は至急防衛出動、作業員はシェルターに避難せよ！　繰り返す……〉

鉄塔に取り付けられたスピーカーから聞こえるミッションオペレーターの悲鳴に混じり、頭上で重たい発砲音が轟《とどろ》いた。ジーナが応戦し始めたのだ。

ジーナの神機の最大射程は二キロだ。敵はわずかの間に一キロ接近したことになる。速い。

〈私たち、つけられた!?〉

通信機から緊張した様子のアリサの声があがる。息を弾ませているのは、ソーマの後を追って走ってきているせいだ。

「俺たちが来た方角と違う。ハナからここを狙ってやがったんだ」

ソーマは襟元のマイクに応じながら、足を止めずに右手のケースのロックを解除し力いっぱい前方に放り投げた。

偏食因子を練り込んだ金属製のケースは、ソーマ以外の者が神機に触れぬよう保護するためのものだ。適合者以外が他人の神機に触れれば、たとえ同じ神機使いといえども神機に喰われてしまう。

空中でケースの蓋《ふた》が開き、中から放り出された純白の神機が回転しながら宙を舞う。全長二メートル近い分厚い鋸《のこぎり》状《じょう》のバスターブレード、イーブルワンは月光を反射しソーマの七メートルほど先の地面に突き刺さった。

ソーマは速度を緩めず神機の横を走り抜けざま、柄に手をかけ地面を数メートル抉《えぐ》りながら愛刀を引き抜いた。

すぐさま神機の柄の上にあるコアがオレンジ色に鈍く輝き、周囲の生体組織オラクル細胞を触手のようにソーマの腕輪に伸ばしてくる。

腕輪を通してソーマとリンクした神機は、鈍い振動をあげソーマの身体の一部となった。重さが失われ五分の一ほどに軽くなる。

ソーマは神機を手に走りながらジーナに問いかけた。

「ジーナ、どんなアラガミだ。何匹いる」

〈砂煙で正確な数は目視できないわ。先頭の奴は最近データベースに登録されていたわね。ワニみたいな奴よ。一〇トントラックくらいある〉

襟元と上空からサラウンドで響くスナイパー神機の轟音に続き、アリサが通話に割り込んできた。

〈それって、この前ソーマとコウタが接触したっていう新種じゃないですか!?〉

確かにワニのような新種ならしばらく前に接触したことがある。

変異種対策で一時アナグラに呼び戻された際、現在の第一部隊のリーダー藤木《ふじき》コウタと共に交戦、撃破した。手強い相手だ。それが群れで押し寄せてきたというのか……。

「ウコンバサラだ。電撃系のバレットは効果が薄いぞ。アリサ、ジーナ、カレル、冷却弾、無ければ火炎弾を使え！」

ソーマは銃型神機を使う三人に注意を促《うなが》した。カレルやシュンも後に続いているはずだ。

〈了解！〉

アリサとジーナの応答に続き、カレルが鼻で笑う声が聞こえてきた。

〈新種か。たっぷり稼がせてもらうぜ〉

〈へへ、俺様の出番だな！〉

シュンも応じる。ソーマは危うさを感じ、足を止めず矢継ぎ早に警告を発し続けた。

「見た目より動きが速いぞ。稼ぎより生き延びることを優先しろ。シュン、奴らの正面に立つな。脇から頭かタービンを狙え。尻尾《しっぽ》と電撃に気をつけろ」

〈あいよ。なんかお前、リンドウさんに似てきたな〉

シュンの軽口は相変わらずだ。馬鹿を言え。もう誰にも目の前で死なれたくないだけだ。

避難しようと逃げ惑う作業員たちの間を縫《ぬ》い南西の壁の前に到着すると、立て続けに地面を揺るがす衝撃が五つ、六つと壁から伝わってきた。

それに続き耳を覆いたくなるような、金属を引き裂き嚙み砕く音が壁の向こうから響いてくる。アラガミたちが防壁を喰らっているのだ。

サテライトの周囲を囲む対アラガミ装甲壁は、本来アラガミたちにとって『喰いたくない』と思わせるように調整されていたはずだ。

二〇数年前突如人類の前に出現したアラガミは、オラクル細胞と名づけられることになる未知の細胞の群体だった。

アメーバーのように、己だけで捕喰と細胞分裂を繰り返し自己増殖する単細胞生物が無数に集まり、獣から人型、ひいては機械のような複雑な機構を有する形態まで形成していた。

アラガミの性質はただ一つ。有機物無機物を問わず、動物、鉱物、地面に至るまであらゆるものを喰い尽くし、喰らったものの形質を取り込み進化することだ。

だが日々国土と一〇万からの人間、ありとあらゆる文明の痕跡《こんせき》が喰い散らかされていく悪夢の中、人類はアラガミの身体を構成するオラクル細胞に偏食傾向を決定する物質があることを突き止めた。

アラガミはアラガミをも喰らうが、まるで共喰いを回避するかのように自身と似た形質の個体を見極め捕喰を避ける傾向があった。

人類はオラクル細胞から抽出したこの物質を偏食因子と名づけ、自分たちの未来を賭《か》けることにした。偏食因子を制御することができれば、アラガミに喰われることのない道具や人間を作り出すことができるかもしれない。

そして二〇年以上に及ぶ忍耐と無数の屍《しかばね》の上に、努力は功を奏したかに見えた。そのオラクル技術の結晶の最たるものが目の前のアラガミ防壁だ。だがそれがいともたやすく喰い破られていく。

「どうなってる。最新式の装甲だぞ!?」

追いついてきたカレルが忌々しそうに吐き捨てた。

「ていうか、ここらにゃアラガミはほとんど寄りつかないんじゃなかったのかよ」

さすがのシュンの声にも緊張が滲《にじ》んでいる。

今や鉄を噛み千切る音は、ソーマたちの目を覆いつくす巨大な壁の至る所から聞こえていた。この状況でもへらへらしていたらそいつはただの阿呆《あほう》だ。

アラガミは常に捕喰を繰り返し進化する。これまでも装甲壁を喰い破られることは何度かあった。

そのため既知のアラガミのコアから情報を得、常にアラガミが嫌うように偏食場の情報を更新していく必要があった。壁に埋め込まれているコアはそのためのものだ。

その努力が仇《あだ》になったのだ。でなければこれほどの数の新種が一度に押し寄せてくることとなど考えられない。ソーマは確信した。

アラガミから身を守るために自分たちがせっせと建てたこの防壁が、逆に呼び水になったのだ。新種のウコンバサラにとって、今の装甲壁の偏食因子の配合はむしろ好物なのに違いない。

「クソったれ！」

ソーマは神機を握る手に力を込め歯噛みした。

三年前、人類はシオの犠牲により何度目かの絶滅の危機を免《まぬか》れた。だがそれ以後、死に至る病をもたらす赤い雨が降るようになり、爆発的に新種や変異種のアラガミが増えた。

アラガミを生んだ世界の意志は未だ人間を赦《ゆる》しておらず、地上に安全な地などありはしない。

ソーマは改めて思い知った。

「来るぞ！　カレル、俺の後ろに付け！」

背後に控えるアリサ、カレル、シュンに注意を促した次の瞬間、装甲壁が爆《は》ぜるように破られた。

ソーマはすかさず身をかがめ、神機を地面に突き刺しグリップ上部にあるタワーシールドを展開した。

ソーマが使う神機は旧型だが、近接武器形態のため装甲を展開する機能があった。

飛んできた巨大な装甲板の破片が分厚いシールドにぶち当たる。ソーマは足を踏ん張り猛烈な衝撃に耐えた。

肩越しに仲間たちの安否を確認すると、アリサとシュンはソーマと同じようにシールドを展開し破片を防いでいた。

カレルはソーマの背後で身を屈めている。カレルが使う旧型銃タイプの神機は、可変機構を持たずシールドを展開できない。カレルが口の端を歪めこちらを見上げた。

「借りは仕事で返す」

「期待しとくぜ」

カレルの無事を確かめ、ソーマは視線を正面に戻した。

粉塵《ふんじん》が晴れると、ジーナが形容したように一〇トントラックほどもある怪物が装甲壁に穿《うが》たれた大穴から現れた。

全体のフォルムはむかし水辺に生息していたというワニそっくりだが、全身は紫色の鋼《はがね》の鱗《うろこ》で覆われている。

背中には明らかに機械的な渦巻状のタービンが突き出ていた。これまでの地球上の生物と同じ系統樹に収まる生命体ではない。

ウコンバサラは唸《うな》りながらソーマたちとサテライト拠点の中を見回し、自分が開けた装甲壁の穴の縁に大きな顎《あご》を開け喰らいついた。

案の定、今はソーマたちや辺りにある重機より装甲壁のほうが美味《うま》そうだと判断したに違いない。

だがこのままみすみす防壁を喰わせておくわけにはいかない。人間を獲物と判断するアラガミはいくらでもおり、ウコンバサラも壁を喰い尽くせば施設や作業員たちに牙を剝《む》くに違いないのだ。

「撃ちまくれ！」

ソーマが叫ぶとジーナのライフルの轟音に続き、カレルとアリサのガトリングガンが火を噴いた。

ウコンバサラの頭部が大きく弾け、硬化したオラクル細胞の結合が崩壊し全身に無数の穴が穿たれていく。

弾痕は瞬時に凍結し、怒りの咆哮《ほうこう》を上げる怪物の身体を霜《しも》が覆っていった。冷却バレットの威力だ。だがまだ死んではいない。

オラクル細胞の群体であるアラガミは、脳や循環器、消化器といった普通の生物なら損傷すれば致命傷となる器官を持たない。

ソーマの出番だ。ソーマはシールドを畳《たた》むと一気にウコンバサラ目がけ突進した。

ソーマに気づいたウコンバサラが首を傾け、鋭い牙が並ぶ口を大きく開く。

ソーマは巨大な顎が嚙み合わされる寸前、地を蹴り高々とウコンバサラの頭上に跳躍した。

そのまま身を反らせ、全身の筋力と全体重、地球の重力を神機のブレードに乗せ結合崩壊したウコンバサラの頭部に叩きつけた。

「ここだ！」

ウコンバサラは、顎から引き裂かれるように身体の中ほどまで爆ぜ割れた。

着地したソーマはすかさず神機の柄頭《つかがしら》に左手を添《そ》えると、割れたウコンバサラの頭部から身体の中心目がけ神機を押し込んだ。

「喰らえ」

神機のコアの周辺から刀身を覆うようにオラクル細胞が膨れ上がる。不気味な生体組織は白い大きな獣の顎となり、ウコンバサラの腹の内の肉を噛み千切った。

捕喰形態《プレデターフォーム》。これが神機の真の姿だった。

驚異的な再生能力を持つアラガミは、通常の物理手段では燃やすことも断つことも凍らせることもできない。

それゆえ同じオラクル細胞でできた神機によって相手のオラクル細胞の結合を喰い破り、オラクル細胞同士の結合を司るコアを摘出するしかアラガミを倒す術はない。

そう、神機もまたアラガミにほかならなかった。

人類は死に物狂いの研究により人為的にオラクル細胞を調整し、多大なリスクと引き換えにアラガミを生体兵器として飼いならすことにかろうじて成功したのだ。

そしてその神機を扱うことができる選ばれた人間をこう呼んだ。

神々を喰らう者『ゴッドイーター』と。

ソーマの神機にコアを喰われ、巨獣は大きく痙攣《けいれん》し動きを止めた。

「まだ来るぞ！　外へは出るな。壁の中で迎え討つ。シュン、奴らが突破してくる地点にホールドトラップを仕掛けて時間を稼げ。アリサ、シュンをバックアップしろ」

「あいよぅ！」

「了解、援護します！」

シュンが腰のポーチからオラクル細胞の結合を混乱させる電磁トラップを引っ張り出し壁に走る。アリサがその後を追った。

壁を出て戦えば囲まれる恐れがあり、鉄塔に陣取るジーナの援護も受けられない。壁のこちら側で待ち構え各個撃破したほうが得策だ。

「カレル、受け取れ」

ソーマは神機の下部から排出したアンプル状のカートリッジをカレルに放った。中にはたった今神機がコアと一緒に捕喰したオラクル細胞が濃縮されている。

旧型銃タイプの神機は、神機を構成するオラクル細胞そのものを高エネルギー状態に励起《れいき》させ弾体として射出する。バレットはどのような弾体を神機に形成させるかプログラムするためのチップでしかない。

銃型神機は捕喰形態に変形もできないので、神機の自己修復を待つか、こうして近接武器型神機使いからオラクル細胞の補充を受けないと早々に弾切れになる。銃使いは近接武器使いとツーマンセル《二人一組》で行動するのが鉄則だ。

新型のアリサの神機は近接武器型と銃型への変形機構があるため万能だ。シュンと組ませればシュンの負担が減る。

「ほかの部隊の連中が、お前を隊長にくれって騒ぐわけだな」

カレルは受け取ったオラクルを神機に装塡《そうてん》しながら、自分を納得させるように何度も頷《うなず》いた。

ソーマの指揮の巧みさを認めたのだ。

死神と呼んでいた頃とは違うと。

「俺はそんな柄じゃねぇ」

今もむかしも戦いに臨む気持ちは大差ない。誰かが死ぬのを見るのはもうたくさん……そう、それだけだ。ほかにいったいなにがある。そう自分に言い聞かせ山ほど無茶をしてきた。

だがソーマは仲間を信じることを覚えた。戦い方もおのずと変わる。ユウ、リンドウ、アリサ、コウタ、サクヤ、そしてシオ。奴らのおかげだ。

「行くぞ。背中は任せる」

ソーマはアリサたちが向かったのとは反対側で悲鳴をあげる壁に向かい走った。カレルも後に続く。

第三部隊とクレイドルの混成チームは、ソーマの的確な指示で壁を喰い破り現れるウコンバサラを一匹、また一匹と仕留めていった。

食事に夢中のアラガミたちは、仲間が開けた穴から雪崩《なだ》れ込んできたり互いに連係することもなく各個撃破されていった。

「チッ、こんなに穴だらけにしやがって」

カレルが壁に開いた六つの大穴を眺め毒づいた。

「へっ、新種っていっても大したことなかったなぁ」

シュンが仰向けに横たわるウコンバサラの死骸《しがい》に蹴りを入れた。

正確には死骸ではない。ウコンバサラを形成していたオラクル細胞たちはまだ生きている。だがコアを摘出されウコンバサラという群体としての機能は失った。もうしばらくすれば、オラクル細胞が霧散し風に流され跡形もなくなるはずだ。

そうやって世界に散ったオラクル細胞は、いずれまた捕喰を繰り返し新たなアラガミへと成長していく。アラガミを根絶することは不可能と言われる所以《ゆえん》だ。

「なんとか撃退できましたね。壁ボロボロにされちゃいましたけど」

ソーマが壁の穴の前に立ち外を見つめていると、六銃身の赤い神機を腰だめに構えたアリサがやってきた。そのままソーマの脇を通り過ぎ、外の様子を窺《うかが》おうと大穴へ向かって行く。

なにかがおかしい。

壁に群がってきたウコンバサラはすべて倒した。だがソーマの内の飢えと悪寒は治まっていなかった。

「アリ……」

行くな。そう言いかけた時、ソーマは壁の向こうで死角になっていた穴の上から、巨大な影が音もなくアリサの頭上に舞い降りてくるのを見た。

「え？」

影に気づかずソーマを振り向いたアリサの背後で、そいつは宙に浮かびながら人間の女のような艶《なまめ》かしい唇《くちびる》の端をにいっと吊り上げた。

全体のフォルムは確かに人間の女のように見える。だがその両腕は鳥と蝶《ちょう》を掛け合わせたような長く大きな翼になっていた。

頭と翼手《よくしゅ》、大腿部《だいたいぶ》はターコイズブルーの羽毛《うもう》に覆われているが、身体は黒い羽毛製のワンピースでも着ているかのようだ。口はあるが目は見当たらない。

似たような人鳥のフォルムを持つアラガミとは何度も戦ったことがある。だがこんな奴は見たことがない。

ソーマは悟った。こいつはウコンバサラが壁に穴を開け、人間が姿を現すのを待っていたのだ。

「アリサ、後ろだ！」

ソーマが叫ぶのと同時にそいつは口を開き甲高い叫びをあげた。周囲の空気が震え鼓膜が悲鳴をあげる。

次の瞬間、ソーマの手にした神機が急に本来の重さを取り戻し剣先が地面にめり込んだ。この感覚には覚えがある。

「感応種……！」

近頃極東に出現するようになった新種のアラガミの中でも、最も危険とされる進化を遂《と》げた変異種だ。

感応種は特異な偏食場パルスを発し、周囲のオラクル細胞に干渉する。そうすることでほかのアラガミを支配、統率していた。

感応種の偏食場パルスにはもう一つ厄介な作用があった。アラガミと同じオラクル細胞でできた神機の制御機構を狂わせる。

「偏食場パルスだと⁉」

「くそっ、神機が動かねぇ！」

カレルとシュンの狼狽《ろうばい》する声が聞こえた。

「シ、シユウ感応種⁉」

神機を引きずり妖鳥を振り仰いだアリサも驚きの声をあげる。以前、女神の森《ネモス・ディアナ》と呼ばれる町で戦ったアラガミと誤認したのだ。

その時はまだなんとか戦えた。ソーマだけがかろうじて神機を動かすことができたからだ。

だがこいつの偏食場パルスはそんな生易しい代物ではなかった。まったく神機が動かせない。

たかが二〇キロ程度の鋼の塊《かたまり》、力任せに持ち上げれば振り回せるはずだ。実際以前はそれでなんとかなった。だが今は神機がソーマの意志に逆らってでもいるかのように微動だにしない。恐らくシユウから感応種として完全な進化を遂げたのであろう妖鳥は、巨大な翼を叩き合わせるように羽ばたいた。

翼から撃ち出された無数の羽が、鋭利な氷の刃となって直線状にいたアリサとソーマを襲う。

「きゃあぁ!?」

「グッ!」

背中に何本もの羽を受けたアリサが倒れ伏す。ソーマも右肩と左足に凶刃《きょうじん》を喰らって仰《の》け反《ぞ》り、膝《ひざ》をついた。

「アリサ!」

ソーマは身体中を走る痛みも忘れ仲間の名を叫んだ。アリサはぴくりとも動かない。

妖鳥はアリサを喰らう前にソーマの息の根を止めることを選んだようだ。再び力強く羽ばたくと、ハイヒールのような踵《かかと》をこちらに向け猛スピードで突進してきた。

ソーマはヘリでも墜落してきたような衝撃を受け、神機もろとも一〇数メートル後方に吹き飛ばされた。

慣性と重力に弄《もてあそ》ばれながら宙を舞い地面に叩きつけられる。それでも勢いは消えることなく、何度となくソーマの身体を転がし大地に叩きつけた。

ようやく止まった時には痛みは感じなくなっていた。

ソーマはアリサの身を案じなんとか目を開けようとした。

だが朦朧《もうろう》とする意識が暗闇に吸い込まれていくのを止めることはできそうもなかった。

その時、ソーマの頭の中に男の声が響いた。

——どうした、もうおしまいか——

育ちの良さを匂わせる低く上品な声は、憂《うれ》いと蔑《さげす》みに満ちていた。

忘れようがない。あの男だ。

ソーマは闇の中に佇む白いロングコートの背中を見た。

男の背中では、神々を滅ぼすと伝えられる魔狼《まろう》フェンリルのエンブレムがソーマを睨みつけていた。

幼い頃は恐ろしくてたまらなかったその紋章を、いつしかソーマは憎しみを込めて睨み返すようになっていた。

男がわずかに首を振り向けた。豪奢《ごうしゃ》な金髪と高い襟のため表情は窺えない。

——お前はすべてのアラガミを滅ぼすために生まれてきた。立て。足が折れたのなら這《は》え。腕が折れたのなら歯を立て喰い破れ。あれらをすべて殲滅《せんめつ》しろ——

言われなくてもわかっている！

「クソ親父！」

どこまでも深く暗い奈落へと続く闇の中で、ソーマは已の姿が一二歳の少年に戻っていることに気づいていなかった。

2　初任務　二〇六五年十一月

エレベーターの扉が開き、夕焼けの光と共に強い風がかごの中に吹き込んできた。

エレベーターには気圧制御装置が取り付けられていたが、一〇〇〇メートル以上を一気に上昇してきたため完全に外気圧と同じにするのは不可能なようだ。

風は目の前で背を向けている父の白いロングコートと、ソーマの青いハーフコートの裾《すそ》を狂ったようにはためかせた。

目深に被《かぶ》っていたコートのフードも捲《めく》り上げられ、ソーマは思わず右腕を上げ顔を覆《おお》った。

物心ついた時からはめられている赤い鉄の腕輪が額《ひたい》に当たる。先日、一二歳の誕生日に主治医にワンサイズ上のものに変えられたばかりのものだ。

ソーマが誕生日にもらったことがあるものといえば、毎年身体が大きくなるたびに取り替えられるこの腕輪だけだ。

気圧が外と同じになると吹き込んでくる風は弱まったが、それでも地上三〇〇メートルの風は強かった。

父が構わずドアの外へ歩み出す。腰の真ん中で二手に分かれたコートの裾が、二匹の白蛇《はくじゃ》のように宙を舞った。

父は真っ直ぐ五〇メートルほど先のヘリポートへ歩いて行く。四枚翅《ばね》シングルローターの中型多目的戦術ヘリの前には、三つの人影が待っていた。

ソーマはエレベーターを降りると首を左へ向け、西の彼方《かなた》の山にかかる夕日を見やった。

かつてはこの地で一番高く美しい山だったそうだが、今は大きく抉《えぐ》れ崩れかけの砂山か食べかけのチーズのように見える。アラガミは世界に名だたる霊峰すら餌食《えじき》にしていた。

ここフェンリル極東支部第八ハイブの屋上《アナグラ》からわずかな円内が、極東の人々がかろうじて死守している生活圏だ。

首を巡らすと、一・五キロほど先にぐるっと町を囲むように高さ一〇〇メートルの対アラガミ装甲壁がそびえている。外周九・四キロのこの壁の中で、一五万人が身を寄せアラガミに怯《おび》えていた。

そのうち一万人ほどの特権階級が外界と隔離されたアナグラの地下居住区で暮らしている。

地上に露出している部分だけで一辺三〇〇メートル、地下一〇〇〇メートルに及ぶ馬鹿でかい鉄の箱に守られているのは、ほとんどがフェンリル職員とその家族だ。

それ以外の難民は、アナグラを取り囲む外部居住区《スラム》のバラックから恨めしげにこちらを見上げる生活を余儀《よぎ》なくされている。

壁の外は見渡す限りの廃墟と荒野だ。翳《かじ》りかけのビルや倒壊した建物の残骸《ざんがい》が続き、それも途切れると荒れた大地がどこまでも広がっている。

ソーマは横に退いて後続に道を譲った。

エレベーターにはもう一人ダークスーツの青年が乗っていた。歳は二七、八だろうか。黒髪の彫りの深い顔に色の薄いオーバル型のサングラスをかけている。

右手には取っ手と自分の手首を手錠《てじょう》で結んだオラクル規格の頑丈そうなアタッシュケースを提げていた。アラガミのコアやオラクル細胞の携行によく使われるものだ。

エレベーターを降りた黒服は、ドアの脇に立ったままのソーマを見下ろし眉根《まゆね》を寄せた。

「行かないのか？」

ソーマは先に行けと顎《あご》をしゃくった。

「誰かが後ろにいるのは気にいらねぇ」

「そうか……」

ソーマのつっけんどんな態度に黒服は戸惑《とまど》いがちに応じ、先に立って歩き出そうとして振り向いた。

「どんな父親だ？　その、シックザール支部長は」

意外な質問にソーマは黒服の顔をまじまじと見上げた。夕日を反射するサングラスのため、目元を窺《うかが》い知ることはできない。

「……見たまんまだ」

やや間を置きソーマが答えると、黒服は手にしたアタッシュケースに視線を落とした。それから息子を省みることなく歩み去るヨハネス・フォン・シックザールの背を見つめ呟《つぶや》いた。

「そうか。そうだろうな」

黒服がヨハネスを追ったのでソーマもその後に続きヘリへ向かった。

ヘリの前では二人の若い男女と中年の男がヨハネスとなにやら話していた。

ソーマと黒服がヨハネスの両脇に立つと、ボサボサ頭にキツネ顔の中年男が眼鏡《めがね》のつるに手をかけソーマの顔を覗《のぞ》き込むように身を屈めた。

すでに金縁眼鏡をかけているのに、形の違う眼鏡を二つもチェーンで胸元にぶら下げている。

「君がヨハンとアイーシャのご子息か。確かにアイーシャの面影があるね……命の神秘だ」

三十代半ばのヨハネスよりやや年上くらいだろう。着物とインバネスを掛け合わせたような出で立ちの中年男は感慨深げに言った。他人に母のことを触れられるのは気に入らない。ソーマは眼鏡の奥の細い目を無言で睨み返した。

ソーマがなにも言わないので、ヨハネスがソーマを中年男に紹介した。

「会うのはこれがはじめてだったな。ソーマだ、ペイラー」

次いでヨハネスは横目でソーマを見下ろし、キツネ顔の中年男を紹介した。

「こちらは私の旧《ふる》い友人、ペイラー・榊《さかき》博士。お前も名前くらいは聞いたことがあるだろう。フェンリルが誇るアラガミ技術研究の第一人者だ。私とお前の……命の恩人でもある」

学者や医者の類《たぐい》は大嫌いだ。それが親父の友人で母の件にも関わっていたとなれば、好きになる理由はなに一つない。

「余計なことしやがって」

ソーマは顔を背《そむ》け吐き捨てた。こいつが余計なことをしなければ、自分も親父も母と一緒にとっくのむかしに死んでいたということだ。せいせいできてよかったものを。

「ソーマ」

ヨハネスが短く叱責《しっせき》の声を上げる。

榊はクロスを取り出し、眼鏡を外してレンズを拭いた。

「いいんだヨハン。嫌われてしまうのも無理はない」

「躾《しつけ》がなっていなくて申し訳ない。これには学問と戦う術しか仕込んでいなくてな」

ヨハネスが詫《わ》びると、榊は眼鏡をかけ直しヨハネスの目を見返した。

「どうしてもこの子をゴッドイーターにする気かい？」

「無論だ。結論はあの日に出ている」

「この子の内のものが、これから迎える成長期の心身にどういう影響を与えるか、見極めてからでも遅くはないと思うがね」

「観察は一二年も行った。十分な時間だ」

「悲劇を……繰り返すかもしれないよ」

「君は熊から逃れようとして荒れ狂う大海に出会ったら、熊の顎に引き返すというのかね？」

シェイクスピアのリア王だ。アナグラの地下図書館には人類の膨大《ぼうだい》な知の遺産が保管されている。ソーマはそこに埋もれていた戯曲を読んだことがあった。

ヨハネスは榊の言葉を受け悲劇の一説を引用したのだろう。ひるまず先に進むべきだ、荒波に身を投じよと。

榊はため息を漏《も》らした。

「時が君を思いとどまらせてくれると期待していたんだが、無駄だったようだね」

「その点には同意しよう、ペイラー。時間はなにも解決しない。人間は行動し、不退転の決意と揺ぎない意志で未来を勝ち取るべきだ」

「行動する科学者というわけか。やはり君と私は方法論が違うようだ」

「観測と実験は科学の両輪だ。違うか？　星の観察者《スターゲイザー》。私はまだ君に友情を感じているし、君もそうであって欲しいと願っている。私は支部長として、君は技術統括の責任者として、人類の未来のため協力してことを成すべきだ」

大して長い時間を一緒に過ごしたわけではないが、これほど雄弁な父は珍しい。ソーマはヨハネスの整った横顔を見上げた。議論の対象は自分のようだが、ソーマには父が榊との議論を楽しんでいるように感じられた。なにを考えているのかわからぬ親父だが、榊に友情を感じているというのは嘘ではないのかもしれない。

ヨハネスが榊の脇に控える若い女に向き直った。

「人事通達と作戦要綱《さくせんようこう》に目は通してもらえたかな、雨宮《あまみや》ツバキ少尉」

「はい、シックザール支部長」

ツバキと呼ばれた二〇代前半と思しき女は、落ち着いた声でハキハキと答えた。

癖《くせ》のある長い黒髪を頭の後ろでアップにしているが、まとめきれないのか長い前髪が顔に垂れ右目を隠している。

薄い桜色の口元の左側に黒子《ほくろ》があり、美しい顔の造形と相まって艶《つや》やかな印象を与えていた。ダークグレーのシンプルな仕官コートに白いパンツという洒落《しゃれ》っ気のない服装が、スタイルの良さを際立たせていた。

右腕にはソーマと同じ忌々《いまいま》しい赤い枷《かせ》がはめられている。フェンリルに飼われているゴッドイーターだ。彼女の隣《となり》の若い男も同じ手枷をはめていた。

ヨハネスは頷《うなず》くとソーマを一瞥《いちべつ》して宣言した。

「よろしい。本日付けで君の指揮下に入る愚息のソーマだ。私人としてではなく、あくまで極東支部長として第一部隊への配属が適任と判断した。よろしく頼む」

第一部隊は七つある極東支部のゴッドイーター部隊の中でも最精鋭だ。それゆえ与えられる任務も危険なものが多く、最も多く死傷者を出している部隊でもある。だがツバキが隊長を務めるようになってから、戦死者数は以前に比べ少なくなったとソーマは聞いていた。

「了解しました。ご子息は第一部隊でお預かりします」

ツバキはソーマを見つめそう言うと、ヨハネスに視線を戻した。

「ですが実戦部隊の指揮官として申し上げたいことがあります」

ツバキはそこで言葉を切った。上官であるヨハネスの許可を待っているのだ。

「続けたまえ」

「今回のロシア派兵はご子息の初陣《ういじん》には危険過ぎると判断します。ほかの部隊はおろかロシア支部の支援も受けられず、我々が支援しなければならない現地の連合軍将兵は、長年フェンリルと政治的に対立してきたため非協力的なことが想定されます」

「正確な状況認識だ」

「場数を踏んだ候補者ならほかにも数名挙げることができます。ですから今回の任務は……」

ツバキがその先を言いかけた時、ヨハネスが声の音量を上げ遮《さえぎ》った。

「これは普通の人間ではない。アラガミだ」

父の無慈悲な声に、ソーマは掌《てのひら》に爪が喰い込むほど強く拳《こぶし》を握り締めブーツの爪先を睨みつけた。

ツバキと彼女の隣の若い男が絶句する気配が伝わってくる。

榊が慙愧《ざんき》に満ちたため息を漏らした。

「マーナガルム計画……」

榊の呟きを受け、ヨハネスが胸を張り淡々と続けた。

「君たちも聞いたことがあるだろう。一二年前凍結された、P七三偏食因子の生体への転写実験だ。ソーマはその時生まれた。人類が手にした初の偏食因子生体プリントの成功例、半アラガミのオリジナル・ゴッドイーターだ」

七三。ソーマにとってこれほどおぞましい数字はなかった。

P七三偏食因子は、一三年前人類がはじめてオラクル細胞の中に発見した偏食因子だ。ゴッドイーターや神機《じんき》、対アラガミ装甲壁など、現在かろうじて人類を絶滅の淵で踏みとどまらさせているすべてのオラクル技術の端緒《たんしょ》となった。

当時、まだ欧州に本社を置く生化学企業に過ぎなかったフェンリルは、時の政府の依頼でこれを人間の遺伝子に組み込む研究を開始した。

アラガミに触れられても捕喰《ほしょく》されない身体、オラクル細胞への抗体を持った人間の創造。それがマーナガルム計画の目的だった。

ラットへの投与で一定の成果を得たため人体での臨床実験が検討されたが、成人への投与では不要細胞の自然死プログラム《アポトーシス》が正常に機能しなくなり、がん細胞の活性化など急激な身体異常を引き起こす懸念《けねん》があった。

そのため母体から胎児への間接投与による実験が研究所の女性所長を被検体として行われた。

その結果、被験者である女性所長と一〇数名の医師、看護士、科学者が事故により死亡した。

生存者は主任研究員だったヨハネスと、彼と被験者アイーシャ・ゴーシュの子、ソーマだけだった。

「これが持って生まれたP七三は、君たち現在のゴッドイーターが後天的に投与されたP五三偏食因子とは違う。ペイラーが発見したP五三は、制御が容易で安全性が高い優れたものだ。だがそれゆえ抗体としての効果と人体に与える影響は限定的だ。それは君たちが身をもって知っているだろう」

ゴッドイーターが己の神機には捕喰されず、ほかの神機やアラガミには捕喰されてしまう理由がこれだった。

神機の適合者として選ばれるということは、その神機に捕喰されないよう調整したP五三偏食因子への適合を意味する。

オラクル細胞の偏食傾向は千差万別であり、未だにどんなアラガミにも捕喰されない汎用性を備えた偏食因子は見つかっていない。

P五三偏食因子は適応範囲が狭《せま》い代わりに、人体の拒絶反応が少なく特定のアラガミに捕喰されないよう調整しやすい応用性の高さを持っていた。だが必ずしも人体に影響がないわけではない。過剰摂取《せっしゅ》すれば細胞が侵食されてオラクル化しアラガミと化す。

そのためゴッドイーターに定期的に投与されるP五三偏食因子の量やインターバルは、腕輪によって厳重にモニタリング、管理されていた。

「P五三偏食因子も若干の身体能力、治癒力《ちゆりょく》の向上をもたらす。だがそれが人の手によって制御されたP五三の限界だ。よりアラガミに近いP七三偏食因子は、著《いちじる》しい代謝、再生力、身体能力の向上をもたらす。君たちより神殺しに適任なのは演習のデータからも明らかだ。そうだな？　ペイラー」

ヨハネスが榊に同意を求めると、榊は眼鏡のブリッジを指で押し上げた。

「データ上はそういうことになるね。しかし、経験や学習によって培《つちか》われる技術や判断力は別のものだ」

榊のレンズが夕日を跳ね返し瞬《またた》いた。ヨハネスはそれを挑戦と受け取ったようだ。鼻を鳴らしツバキの隣に立つ若い男へ視線を移した。

「なんなら、少尉の自慢の弟とここで一戦交えさせるかね」

「支部長、そんなつもりは……」

ツバキが釈明のため身を乗り出すと、隣の男が手を上げツバキを制した。

「姉上、本人の意思を尊重してやりましょう」

「リンドウ！」

リンドウと呼ばれた黒髪の青年はじっとソーマを見つめてきた。その目に挑発するような色はない。歳の頃は二〇くらいだろう。一八〇センチほどのがっしりとした身体にダークグレーとオリーブドラブのツートンカラーのミリタリーコートを纏《まと》い、膝まであるごついアーミーブーツを履いている。

ソーマは激しく苛立《いらだ》っていた。どいつもこいつも人の頭の上で勝手な御託を並び立てやがる。

ソーマがリンドウの目を睨み返し前に出ると、リンドウは人好きのする笑みを浮かべてヘリポートの横へ歩いて行った。ソーマも後に続く。

本来なら親父をぶん殴ってやりたいところだが、そんなことをすればようやく巡ってきた実戦部隊配属の機会が不意になる。研究所の檻《ケージ》に戻されてしまうかもしれない。

あそこは嫌だ。俺は獣じゃない。さんざん身体中をいじくりまわされ、やれと言われたことをやり、学べと言われた膨大な知識を頭に詰め込んでようやく外に出たのだ。

〔従順ではないが最低限の社会規範に従わせることは可能〕とのカウンセラーの診断をもぎ取るまでに要した時間と忍耐は相当なものだった。

だがこのままでは怒りが収まらない。ソーマは腕に覚えがありそうなリンドウをぶちのめし、溜飲《りゅういん》を下げることにした。

リンドウに恨みはないが相手は受けて立つ気だ。支部長自ら言い出したことだし懲罰《ちょうばつ》も喰らうまい。部隊長のツバキは先ほどほかに候補者がいるとも言っていた。リンドウが今回の作戦に参加できなくなっても代わりはいるということだ。

ソーマとリンドウはヨハネスたちから十分離れ、三メートルほどの距離を取って向かい合った。

「俺は難しい話は苦手でな。欠伸《あくび》が出ちまう。お前さんもそんな感じだろ？」

リンドウは笑みを浮かべたまま飄々《ひょうひょう》と言った。

ソーマは応えず、両足を肩幅に開き左足を前に出してリンドウに対して斜めに構えた。自然と重心が身体の芯に保たれる。

「まあ、むしゃくしゃしてる時は身体を動かすのが一番だ。ウォーミングアップのつもりで気楽にいこうや」

胸の内を見透かすような態度にソーマはカチンときた。そんな減らず口はすぐ叩けなくしてやる。

ソーマは身を低くして駆け出し一気に間合いを詰めた。

格闘において身体の大きさとウェイトの差は決定的だ。小さい者が自分より大きな者を倒すのは容易ではない。

チビがでかい奴に勝つには、相手の懐《ふところ》に潜り込む必要がある。長いリーチが生かせぬようにしてやるのだ。

だがそんなことは戦い慣れた奴なら誰でも知っている。当然リンドウもそう考える。案の定リンドウは胸から下への攻撃に備え腰を落とし低く腕を構えた。

ソーマはリンドウの懐に飛び込むと見せ、寸前で床を蹴り宙に舞った。右の膝でリンドウの顔を狙う。

「!?」

リンドウはあまりに高く鋭い飛び膝蹴りに驚いたような顔を見せ、右腕のガードを上げつつ身体を左に傾けた。ソーマの右膝はリンドウの頬《ほお》を掠《かす》めさらに高く空を翔《かけ》る。ソーマの身体は今やリンドウの肩の上を越え彼の頭上後方にあった。

ソーマは膝蹴りのため胸元に引き付けていた右足をリンドウの後頭部目がけて思い切り蹴り込んだ。

人外の運動能力を持つソーマだからこそできる空中コンビネーションだ。膝で人中を狙い、それをかわされてもすれ違いざまの踵《かかと》で後頭部を砕く。いずれも手加減なしで正確に急所を狙った一撃だ。膝が受けられていれば頭を押さえ後頭部に肘打ちをお見舞いするつもりだった。

だが踵は頭を覆うように伸ばしたリンドウの右手の甲にめり込んだ。

まさか。防がれた。

ソーマはリンドウの背後に着地しざま、身を丸め前転した。間一髪、頭上を斧《おの》のようなリンドウの踵が空気を切り裂き通り過ぎていく。

リンドウはソーマの蹴りを受けながら、着地点に右足で後ろ回し蹴りを放ったのだ。

ソーマは素早く身を起こし、リンドウと位置を入れ替え再び対峙《たいじ》した。

自分の二撃をかわし、反撃までしてのけた。これほどの反射神経の持ち主に出会ったのははじめてだ。

いや、単に身体能力に優れるだけではない。先ほど榊が言ったように、戦士としての経験が未知の攻撃を防がせ反撃につなげたに違いない。

胸が高鳴る。アラガミ狩りの模擬演習や、ほかのゴッドイーターとの組み手では感じたことのない高揚感だ。怒りが静まり、こいつと思う存分戦いたいという純粋な闘争心がソーマの内から湧き上がってきた。

一方のリンドウは、顔を歪め目の前に掲げた右手をぶらぶら振っている。

「痛っつぅ〜。こりゃすげぇや。姉上、こいつは本物ですよ」

「姉と呼ぶな！　二人ともそこまでだ。任務に支障をきたしたらどうする気だ！」

ツバキが鋭い声をあげる。ツバキはヨハネスに向きなおり先ほどまでの見解を撤回した。

「わかりました、支部長。ご子息、いやソーマ・シックザールも今回の任務に同行させます。それでよろしいですね」

だがヨハネスはそれには答えず、リンドウを見つめたまま隣の榊に問うた。

「ペイラー、彼のP五三への適合率はどれくらいだ」

「驚くなかれ、平均の三・二倍だ。ツバキ君も平均値よりはるかに高い数値を示しているが、彼ほど高い適合率ははじめてだよ。実に興味深い」

ゴッドイーターとしての能力は投与された偏食因子への適合率によっても左右される。適合率が高ければそれだけ人体の細胞が偏食因子の影響を受け運動能力や治癒力のベースアップにつながる。リンドウの数値は異常だった。

「使えそうだな」

ヨハネスは呟くと「ソーマ」と犬のように呼びつけた。

いいところを邪魔しやがって。ソーマは舌打ちしヨハネスとツバキたちの元へ戻った。リンドウも肩をすくめソーマの後に続く。

ヨハネスが顎でツバキの横を指したので、ソーマはツバキの横に立った。

リンドウと決着をつけられなかったのは残念だが、出征するゴッドイーター三名の一人に認められたのだ。よしとしよう。

「改めて今回の作戦の概要を説明しよう」

ヨハネスが腰の後ろで手を組み言った。

「諸君の任務は、連合軍が旧ロシア連邦領で計画しているユーラシア大陸のアラガミ一掃作戦、ソーンツア作戦の支援だ」

ソーンツア、現地語で太陽という意味だ。

ゴッドイーターは世界各地に残る支部へ派遣されたり配置転換されることが多い。そのため複数の言語を習熟するよう義務付けられている。

「ソーンツア作戦の趣旨は、第一世代核融合実験炉の手動爆破によるアラガミの殲滅《せんめつ》だ。知ってのとおり、人類が実用化に成功した核融合炉にはオラクル細胞の偏食場作用が応用されている。神機を持たぬ軍官僚は、フェンリルが払い下げた初期の実験炉を巨大なオラクル爆弾として使用することを思いついたようだ」

なるほど、考えたものだとソーマは思った。

オラクル細胞の結合はオラクル細胞で絶つしかない。軍人どもは強力なオラクル細胞でできた外郭《がいかく》を持つ核融合炉を爆破し、周辺地域もろともアラガミを一気に殲滅する気なのだろう。

人類は二〇五〇年の実用化を目指し、長年核融合炉の研究開発を進めてきた。核融合発電が実現すれば、危険な原子力発電の呪縛《じゅばく》から解放され無尽蔵のエネルギーを得られるからだ。

旧世紀の原子力発電は、ウランやプルトニウムといった重い原子に中性子をぶつけることで起きる核分裂反応を利用したものだ。これは制御が難しく安全上多大なリスクがあった。

半減期数十万年、数十億年といったさまざまな高レベル放射性廃棄物を大量に出し、一たび事故が起きれば致死量の放射線や放射性物質を広範囲に撒き散らす。

放射性物質が出すアルファ線やベータ線、ガンマ線や中性子といった放射線が人体や生物環境に与える影響は甚大だった。

放射線は生体を構成する分子結合を崩壊させ、遺伝子を傷つけ細胞を変質させたり正常な細胞分裂機能を破壊する。

即死できればまだましだ。高線量被曝《ひばく》すれば、皮膚、内臓、角膜、血液、あらゆる組織が脆弱《ぜいじゃく》なものから次第に壊死《えし》し、免疫不全により数々の合併症が引き起こされ苦しみぬいて死に至る。

たとえ一度に高線量に曝《さら》されなかったとしても、環境に飛散した放射性物質は半減期を繰り返して影響力が低下するまで何万年何億年も放射線を出し続けることになる。

一方、重水素と三重水素の核融合で生じる副産物は主にヘリウムと中性子だ。

ヘリウムは風船に使われるくらい一般的な希ガス元素であり、空気中にも微量ながら含まれている。

燃料となる重水素や、三重水素を炉内で自己生成するために使用されるリチウムも、いずれも海に無限に存在するありふれたものだ。

核融合で唯一《ゆいいつ》危険な生成物は高速中性子だ。

中性子は一五分ほどで崩壊し無害な水素となるが、電荷を帯びておらず微細なため、運動エネルギーが高い高速中性子はあらゆる物質を透過してしまい完全に遮蔽《しゃへい》することができない。

中性子は水素原子に最も吸収されやすく、人体の七割は水分だ。遮蔽物を透過してきた高速中性子が人体の水素にぶつかれば深刻な被曝障害をもたらす。

そのため様々な材質の素材を組み合わせて外郭を覆い、中性子を減速させる試みが繰り返されてきた。中性子の透過性は運動エネルギーと熱エネルギーの状態によって変わるため、何層もの異なる素材で中性子を減速、吸収しようというわけだ。

また核融合には太陽に匹敵するだけの超高温、真空に近いイオン密度が必要だ。

水素原子の陽子はプラスの電荷を帯びており、本来は斥力《せきりょく》によって反発し合い融合することはない。だが高い温度や圧力によって高エネルギーを加えると、陽子の運動エネルギーが増大してプラズマ化し速度と密度が上がる。すると接近した陽子同士の間に斥力を上回る核力が働くようになり核融合を起こすのだ。

こうしてヘリウムと中性子が生成され、同時に莫大な核エネルギーが放出される。太陽も同じ原理で燃えている。核融合炉が地上の太陽と云われる所以《ゆえん》だ。

重水素と三重水素をこのようなプラズマ状態にするために必要な温度は一億度に達する。こんな高温を閉じ込めておける物質は存在しない。なにもかもプラズマ化してしまうからだ。

だがプラズマは電気伝導体であるため磁場によって閉じ込めることが可能だ。磁場閉じ込め方式と呼ばれる技術だが、これにも問題はあった。電荷を持たない中性子は磁場の中にもほとんど閉じ込めておけないからだ。

そのため中性子を減速、吸収、反射するなどして閉じ込めることができ、かつ中性子の衝突による脆弱化に耐えられる遮蔽材料の模索が長年の課題だった。

オラクル細胞の発見までは。

オラクル細胞が形成する偏食場には電荷を持たない中性子すら減速させる性質があった。

既存の冶金技術による遮蔽材の課題は、重力下では金属組織が均一化できずミクロレベルではスカスカになってしまうことだった。だが高密度で非常に強いオラクル細胞同士の結合はこの問題すら易々とクリアした。

オラクル素材による隔壁は核融合の超高温に耐え、偏食場によって減速された中性子を吸収、いや捕喰したのだ。オラクル細胞の驚異的な再生力は、中性子の繰り返し照射による脆性化ものともしなかった。

人類は長年の夢である核融合発電を実現するための素材を遂《つい》に手に入れたのだ。だがその夢の生体材料が群体を成し世界を喰い尽くすなど誰も予想していなかった。

アラガミの出現は、こうした核分裂から核融合へと急激にエネルギー利用の形態が変化していく中で起きた悲劇だった。

ヨハネスが淡々と続けた。

「彼ら軍官僚の目論見《もくろみ》は単純だ。この馬鹿げた作戦で存在感を誇示し、我々フェンリルに対抗しようというのだろう。愚かなことだが、アラガミのように統制に秀でたコアを持たぬ人間には付き合いや政治が付きまとう。フェンリル本部は彼らに花を持たせることに決め、連中の支援要請をすべてこの極東に押し付けてきた」

「ロシア支部が近くにあるっていうのに、迂遠《うえん》なことで」

「これも大人の事情というやつさ」

リンドウがぼやき、榊が慰めた。

ヨハネスが咳払いをし先を続ける。

「わかったと思うが、君たちに与えられた任務は軍人たちの接待と尻拭いだ。彼らがしたいようにさせ、失敗したら恩を着せ帰ってきたまえ。なお、この作戦には調査部のマルセル・ヴィヨン中尉を同行させる」

そこでヨハネスははじめて隣の黒服を省みた。

名前からしてフランス人なのだろう。エレベーターを降りた時ソーマが道を譲った黒服の男が、サングラスを外し灰色の目を覗かせツバキたちに目礼した。

「ヴィヨン中尉の任務は、連合軍官僚との渉外及び技術提供だ。本質的に諸君たちの任務とは異なる。少尉の指揮下に入ることもないし、なにかを強制することもない。単なる同乗者と思いたまえ」

ヨハネスがそう言うと、ツバキはわずかに眉根を寄せたものの承諾した。

「了解しました」

「私としては、そのアタッシュケースの中身が気になるんだがね」

榊が眼鏡を押し上げヴィヨンのアタッシュケースを見つめた。ヴィヨンが横目でヨハネスの顔色を窺う。

ヨハネスが鼻を鳴らし笑みを漏《も》らした。

「袖《そで》の下というやつだよ、ペイラー」

「ほう。袖の下……ね」

「では行きたまえ、少尉」

ツバキが敬礼して背後のヘリに乗り込む。リンドウ、ヴィヨンも後に続いた。神機や物資はすでに積載済みだ。

ヘリのローターが回転をはじめ、上からの風がいっそうコートの裾を弄《もてあそ》ぶ。

ソーマはヘリへ向かいながらちらりと父の顔を見やったが、なにも言葉はかけられなかった。

ヘリの昇降ステップに足をかけると、代わりに榊が耳元に顔を寄せ声をかけてきた。

「気をつけたまえ、ソーマ君。特にあのケースの中身にね」

どういう意味だろう。

まあ、なんであろうが自分には関係ないことだ。戦場に行きアラガミを殺す。ほかにソーマがやるべきことはない。ソーマはなにも応えずヘリの座席に腰を下ろした。

ヘリの小型核融合エンジン《リアクター》が甲高い唸《うな》りを上げ機体が離陸する。

だだっ広いアナグラの屋上に佇む父と榊の姿が小さくなっていく。これでしばらくは、あのすました顔を見なくて済む。ソーマはシートの背に頭を預け目を閉じた。

3 初陣《ういじん》 二〇六五年十一月

〈ヘイ　ガイズ、起床ラッパだ〉

ヘッドセットを通してパイロットの声が聞こえてきた。目的地に近づいたのだろう。

ソーマはまどろみの中から暗いヘリのキャビンに引き戻され、薄く目を開けた。

隣《となり》の席のリンドウが大きな欠伸《あくび》を漏《も》らす。

〈ふぁあ～あ。痛てて。このファーストクラスにはいつまで経っても慣れないな〉

肩を揉《も》みながらシートの硬さに不平を漏らすリンドウの耳にも、オーバーヘッド型のヘッドセットがはめられている。

ヘリの騒音から耳を守り意思疎通を図るためだ。航行中のヘリの中では、頭上のエンジンとローターがあげる騒音のためまともに会話ができない。

この時代、大規模な空港設備とレーダー網を必要とする航空機での移動手段はアラガミによってとうに壊滅させられていた。大陸間の移動は垂直離着陸でき運用が容易なヘリが主流だ。

燃料による航続距離の問題は小型核融合《リアクター》エンジンによって解決されたが、居住性までは如何《いかん》ともしがたい。狭《せま》いながらもトイレが付いているだけマシと考えるべきだろう。

斜向かいの席のツバキも目を覚ましたようだ。指の長い手で口元を押さえ横の窓から眼下を見下ろしている。

対面のヴィヨンは相変わらず一睡《いっすい》もしていないのだろうか。途中何度か目を覚まし様子を窺《うかが》ってみたが、なにやら思いつめた様子でじっと窓の外を見つめている姿勢に変化はない。右手は相変わらず床に置いたアタッシュケースと結ばれたままだ。

アタッシュケースの中身に興味があるのか、リンドウが何回か話しかけたが、ヴィヨンはそれにもあまり応じようとしなかった。

ソーマは左腕のクロノグラフに目を落とした。

時刻は極東時間の早朝六時、ここ旧ロシア連邦クラスノヤルスク地方では午前五時。日の出まで優にあと五時間はある立派な夜中だ。窓の外に目を移すと機外は暗闇に包まれていた。

極東支部から一四時間、およそ四二〇〇キロを飛んで来たわけだが、協定世界時《UTC》の時差はマイナス一時間しかない。

だが極東より四時間遅く日が昇り、二時間遅く日が沈む。時差はほとんどないが、敏感な者なら時差ぼけに似た症状に見舞われてもおかしくない。

眼下を覗《のぞ》くと、ヘリのサーチライトに照らされ吹雪《ふぶき》の合間に凍《い》てつく大地が見えた。

むかしは広大な針葉樹林《タイガ》に覆《おお》われ、南米のジャングルと並び膨大な酸素を供給してくれていた土地だそうだが、見える範囲にその面影はない。

今や光合成の主役の座は植物からアラガミに奪われつつある。植物を喰らい形質を取り込んだものが、光合成を行っているのが確認されてもうずいぶん経つ。

世界を滅ぼすアラガミによって、現在の地球の大気成分は以前と同じ割合に保たれ人間も呼吸できているのだ。皮肉と言うしかない。

ヘリが旋回すると、オレンジ色に輝く電磁バリア式の旧型装甲壁に囲まれた建造物が見えてきた。

ロシア・バロック様式を模した建物の窓にはところどころ明かりが灯り、ヘリポートと周辺が除雪されている。

ヘリポートの上では防寒着に身を包んだ航空機誘導員《マーシャラー》が誘導灯《ライトスティック》を振っていた。

軍事施設には見えないが、連合軍の作戦指令基地だ。民間か旧自治体の建物を徴発したものだろう。

ヘリが着陸するなり、リンドウが懐《ふところ》から出したタバコを咥《くわ》え火を点《つ》けた。その様を見てツバキがため息を漏らす。

〈まったく、ほどほどにしておけよ〉

〈それは上官命令で？　それとも家族の忠告？〉

〈どちらでも一緒だ、馬鹿者〉

〈一四時間も我慢したんだから、大目に見てくれてもいいでしょうに……〉

ソーマには家族というやつの距離感がまったくわからなかったが、この姉弟の主導権はツバキが握っているようだ。リンドウはツバキに頭が上がらないらしい。

リンドウはささやかな抵抗のつもりか、タバコを咥えたままヘッドセットを外しキャビンのスライドドアを開けた。途端に氷点下の身を切るような風と雪が吹き込んでくる。

ツバキがヘッドセットを外し外へ出た。リンドウも後に続く。

ソーマはヴィヨンの顔を見た。理由はエレベーターの時と一緒だ。するとヴィヨンは首を横に振った。

〈私は降りない。ここで人を乗せ、そのまま核融合炉に向かうよう言われている〉

ならば気にしても仕方がない。

ソーマがヘッドセットを外しヴィヨンに背を向け扉へ向かうと、背後からいきなり右手を摑《つか》まれた。

反射的にその手を払い振り向きざま拳《こぶし》を振り上げると、サングラスを外したヴィヨンがすがりつくような顔でこちらを見上げていた。

なにか喋《しゃべ》っているようだが、ローターと吹雪の音でよく聞き取れない。

――頼みがある――

口の動きはそう読み取れた。いったいなんだというのだろう。ソーマは困惑し、振り上げていた腕を下ろした。

ヴィヨンは自由の利く左手をスーツのポケットに差し込むと、身を乗り出して再びソーマの手を摑みなにかを握らせた。

掌《てのひら》を開いてみると、銀色のリングに小さなダイヤをあしらった指輪が乗っていた。

ヴィヨンがソーマの耳元に顔を寄せ大声で叫んだ。

「フィッツロイ！　コーデリア・フィッツロイだ！　アナグラにいる！　渡してくれ！」

そんな名前の女は知らない。意味がわからず眉根を寄せると、ヴィヨンは早く行けと顎《あご》で促《うなが》しソーマの肩を押しやった。

「君しか会えない！」

まったくわけがわからなかったが、ソーマは指輪を握った手をコートのポケットに突っ込みキャビンから地面に飛び降りた。

ツバキとリンドウの前で、航空機誘導員がローターの風に腕をかざしながら叫んでいる。

「フェンリル極東支部の方々ですね！　お待ちしておりました！」

「お出迎え恐縮です！」

ツバキが応じると、航空機誘導員はなおも声を張り上げた。

「武器弾薬を降ろしてから、そちらのヘリに我々の科学者を乗せるよう言われております！」

建物の扉が開き、防寒着姿の人物が二名こちらにやってくる。

ツバキとリンドウは顔を見合わせ、次いでソーマの背後のヘリを振り向いた。

ソーマも肩越しに振り返ってみると、キャビンの出口で身をかがめていたヴィョンがツバキに頷《うなず》いた。承知しているという合図だ。いつの間にかその目は再びサングラスで覆われている。

ソーマの横を通り抜け、航空機誘導員がキャビンから神機《じんき》や弾薬の入った保護ケースを降ろしはじめる。

ヴィヨンは数秒ソーマの顔をじっと見つめ、キャビンの奥へ姿を消した。ソーマはツバキたちとヘリから離れ作業を見守った。

神機と入れ違いに赤ら顔の初老の科学者たちがヘリに乗り込むと、ヘリはローターの回転を上げ離陸し北北西に飛び去っていった。

ソーマはヴィヨンに押し付けられた指輪を取り出し、小さくなっていくヘリの赤い灯火と見比べた。

「どうした。行くぞ」

背後からツバキの声がする。

どちらかが死にでもしなければ、帰りの機内で突っ返すこともできるだろう。今は余計なことに気を取られずはじめての実戦に備えるべきだ。ソーマは指輪をポケットにしまい足元の神機ケースを持ち上げた。

礼儀をわきまえた若い航空機誘導員が案内してくれたのは、建物の入り口までだった。中のホールで待てと言われ、ソーマたちは重い木の扉を押し開き中に入った。

地元の音楽学校を徴発したという基地のホールは、二階までの吹き抜けになっていた。

建物の中は暖かかったが、ソーマたちを見つめる兵士たちの目は外気と同じくらい冷ややかだ。

二階の廊下の手摺に寄りかかりこちらを見下ろしている若い男たちが三人、右手のベンチでたむろしている年かさの連中が四人いた。

「どんな熊《ミーシャ》みたいな大男が来るかと思ったら、ありゃなんだ？」

右手の赤鼻の中年兵士が大声で言った。

「すげぇ遅刻だな、学生さん。この学校は二十年も前に閉校しちまったよ」

赤鼻の隣にいた出っ歯が甲高い声で言うと、あちこちから下卑《げび》た笑い声があがった。

「相手にするな」

ツバキが声を潜めリンドウとソーマに注意を促した。

「わかってますよ」

リンドウが応えソーマの脇を小突いた。

「手ぇ出すなよ、少年」

ソーマは応えず神機ケースを床に下ろした。

言われるまでもない。リンドウならいざしらず、図体ばかりでかい間抜けどもが相手では、身体を温めることすらできないのはわかっている。

「リビョーナク！」

二階のにきび面が叫んで唾《つば》を吐いてきた。

子供、赤ん坊、青二才といった意味だ。唾は誰にも届かずホールの床で不愉快な音を立てた。

生まれながらにP七三偏食因子を持つソーマにとっては関係のないことだが、偏食因子への適合検査の合格率は加齢に応じて低下する。

そのためゴッドイーターに選ばれる者は一八歳以下の若年者がほとんどだ。成人済みとはいえ、歴戦の勇士であるツバキとリンドウが兵士たちに比べ若いのもそのためだ。

ソーマたちがなにも応えないので震え上がったと思ったのか、調子に乗った出っ歯がソーマの元へやってきた。

出っ歯はソーマの神機ケースに汚れたブーツの左足を乗せると、ソーマの顔を覗き込んできた。

「外は寒かったろ。マーマのミルクでも温めてやろうか？」

「汚ねぇ足をどけろ」

ソーマは正面を見据えたまま忠告した。

「小鳥でも囀《さえず》ったか？　こりゃなんの楽器だい、学生さんよ。マーマにもらったラッパかい？」

出っ歯が神機ケースを蹴倒《けたお》した。

二度も母に触れた。こいつにも禁句を教えてやらねばならない。

ソーマは腰をひねりざま左のローキックを出っ歯の右膝裏に入れた。

出っ歯の膝が崩れ、顔の位置が下がったところで、同じ左足のハイキックをこめかみに叩き込む。

出っ歯が扉脇の壁に顔から激突し、折れた前歯が視界の隅をどこかへ飛んで行った。

「おい、こら！」

リンドウが背後で声を上げる。

「手は出してねぇ」

ソーマはポケットに手を突っ込み、なに事もなかったように元の位置へ向き直った。

「お前な……」

リンドウが呆れて言葉に詰まる。

「ふむ、確かに手は出さなかったな」

ツバキが他人事のような感想を漏《も》らした。

「姉上、そんな、とんちじゃあるまいし」

「姉と呼ぶなと言っている」

リンドウとツバキが毎度のやり取りを終えると、呆気にとられていた兵士たちが色めき、立ち上がった。

ようやく元出っ歯の身になにが起きたのか理解したらしい。当の元出っ歯は土下座でもするような姿勢で床の上で失神している。

「このクソガキ！」

右手から赤鼻以下二名が肩を怒らせ向かってくる。二階からも若い連中が慌てて降りてきた。

「ったく……」

リンドウがツバキとソーマを守るように前に進み出た時、廊下《ろうか》の奥から顔の下半分を濃い鬚《ひげ》で覆った禿頭《はげあたま》の大男がやって来た。背後に細い目の神経質そうな男を従えている。

「なにをしている！」

禿頭の一喝《いっかつ》で兵士たちは直立した。禿頭は大股でホールの中央まで来ると、この場の状況をゆっくり眺め回した。

胸の階級章によると大尉のようだ。威勢のよかった兵士たちは、顔は上げているが大尉と視線を合せないよう遙か遠くを凝視している。

大尉はソーマの脇の床で伸びている元出っ歯を見下ろしてから、射るような視線をソーマに向けてきた。次いでリンドウとツバキを頭のてっぺんから爪先までじろじろと検分する。

「連れて行け」

大尉が短く命じる。赤鼻たちは顔を見合わせ、戸惑《とまど》いがちにリンドウのほうへ進み出た。

「馬鹿者！　そこで伸びている恥さらしのほうだ！　そいつを営倉へぶち込んだら、貴様らもさっさとブリーフィングルームへ行け！」

赤鼻たちは元出っ歯の両手両足を持ち上げ、すごすごと廊下の奥に引っ込んでいった。

大尉は横柄にツバキに敬礼し、第二四独立特殊任務旅団第一中隊の中隊長ジューコフだと名乗った。この男が今回の作戦の指揮官らしい。

後ろの細目は中隊付准尉だという。中隊に下される命令の伝達責任者兼太鼓持《たいこも》ちといったところだろう。

ツバキもフェンリル極東支部第一部隊の隊長だと返礼すると、フェンリル本部からの通達で支援要請に応え参上したと事務的に挨拶《あいさつ》した。

「部下がそちらの将兵を負傷させてしまったことを謝罪致します。後日改めて正式な謝罪文を送付し、治療費の請求にも誠意をもってお応えする所存です」

ツバキがそう詫びると、ジューコフ大尉は再びソーマを一瞥《いちべつ》した。

「神を喰らう者の素質は、見た目に比例しないというのは本当のようですな」

「恐縮です。若輩《じゃくはい》ゆえ、唾を吐きかけるのが連合軍風の歓迎だと言い聞かせるのを失念しておりました。私の落ち度です」

ツバキがしれっと当てこすると、准尉が細い目をなお細めジューコフが鼻を鳴らした。

「大いに結構。極東の群狼《ぐんろう》は血気盛んと見える。その牙は、このシベリアの凍土もろともアラガミどもを焼き尽くす太陽《ソーンツァ》作戦で思う存分揮《ふる》ってもらうとしよう。早速だが、ブリーフィングにご同席願えますかな」

休む間もなく通された薄暗いブリーフィングルームには、すでに大勢の将兵が集まっていた。ホールでソーマたちを侮辱《ぶじょく》した赤鼻たちもおり、こちらに剣呑《けんのん》な視線を向けている。

前面の壁の大きなスクリーンには、ユーラシア大陸の戦略地図が映し出されていた。その前に以前は教卓だったろう机が置いてある。

ツバキとリンドウが部屋の後ろの壁際に陣取ったので、ソーマもその脇の床に腰をおろし壁に背を預けた。

大柄な将兵たちの背中に隠されスクリーンは見えなくなったが、はなから軍人どものご高説など聞くつもりはない。

しばらくするとジューコフがやって来て壇上に上がり、今回の作戦が連合軍と人類の行く末にとって如何《いか》に意義深いものであるか演説をぶちはじめた。

案の定、言葉の端々にフェンリルへの恨み節が散りばめられている。

世界から国家という枠組みが消滅して以降、極東支部のような巣《ハイブ》を建設し、生き残った人々を庇護《ひご》しているのはフェンリルだ。お株を奪われたほうにしてみれば面白くないのは確かだろう。

フェンリルは穀物メジャーから身を起こし、生物工学、生物化学で世界トップの座に登り詰めた一企業に過ぎなかったが、アラガミの出現後三名の科学者の申し立てにより企業体が解体され、人類の保護と科学技術の復興を掲げる団体となった。

その三名の賢人として記録されているのが、ソーマの両親であるヨハネスとアイーシャ、それに榊《さかき》だ。

なにが賢人か、とソーマは思う。あの男は身重の母に過酷な実験を課し、事故を引き起こした張本人ではないか。看護士や医者たちはみな陰でそう言っていた。

人殺し。

自分ともどもそう呼ばれるのこそ相応《ふさわ》しい。

ぼんやりそんなことを考えていると、ジューコフがソーマたちになにをさせる気かようやく得意げに魂胆《こんたん》を喋りはじめた。

「……本掃討《そうとう》作戦は、ユーラシア地区のアラガミを戦略地点である核融合炉に誘導し、爆破させることによって一気に殲滅《せんめつ》するというかつてない大規模な作戦である。フェンリル極東支部派遣の神機使いの諸君には、アラガミたちを戦略地点まで誘導する、言わば羊飼いの役目をお願いすることになる」

この極寒の地を走り回り、囮《おとり》としてアラガミを爆破地点まで連れてこいということか。作戦というのも馬鹿馬鹿しい稚拙《ちせつ》なアイディアだ。

大陸中のアラガミを、たった三人で一箇所に、しかも都合よく爆破のタイミングに合わせて一度に集められるわけがない。

そんなことをするくらいなら、時間はかかるが見つけた端から自分たちで狩り殺していったほうがよほど安全で効率的だ。

要するに、この連中はたった一度だけ使えるアラガミを殺せる武器は手に入れたものの、それを利用して最大の効果を得る策はなにも持ち合わせていないということだ。

それで思いついた苦肉の策が、憎くてたまらない神機使いの派遣要請だったのだろう。罠《わな》まで誘き寄せる餌《えさ》は欲しいが、自分たちではやりたくないというわけだ。

連合軍の参謀本部が下した決断だろうが、部下が部下なら上官も上官だ。

フェンリルも決して綺麗《きれい》な組織ではないが、少なくともアラガミ対策においては連合軍より百倍まともだと思える。

リンドウも聞く価値もないと判断したのか、ブリーフィング中にも関わらずタバコを取り出した。

オイルライターの蓋を開ける透きとおった金属音が辺りに響き、将兵たちの忌々《いまいま》しげな視線が一斉にリンドウに突き刺さる。

さすがに場の空気に気づいたのか、リンドウは火を点けるのをやめ、ため息混じりにソーマにちょっかいを出してきた。

「おい少年、今回が初任務なんだろ？　リラックスしていこうや」

まったく緊張などしていないし、大きなお世話だ。だが人の名前すら覚えないのはいい加減腹立たしい。

「少年じゃねぇ。ソーマだ」

憮然《ぶぜん》と応えると、リンドウは大げさに肩をすくめてみせた。

「おっと、こいつは失礼。もう一丁前らしい」

「からかうのはよせ、リンドウ」

二人の間で連合軍側の作戦要綱に目をとおしていたツバキに諫《いさ》められ、リンドウは頭を掻《か》いて沈黙した。

次の瞬間、ソーマは生まれて何度目かになる悪寒と耳鳴りにはっとして立ち上がった。

記憶にある最初は五歳の時だ。

オウガテイルという小型のアラガミが捕獲されていた檻《ケージ》に、目と耳を塞がれ繰り返し近づけられた際いやというほど味わった。

その時は恐ろしくて泣き喚くだけだったが、今では不快だが奇妙な高揚感も覚える感覚だ。

クソ親父と科学者たちは、ソーマの内《なか》のP七三偏食因子とアラガミの間になんらかの相互作用があることを嬉々として記録していた。

だがこの感じはなんだ？　悪寒だけではなく、もっと古いなぜか安心するような……。

突然、爆発音に続き突き上げるような衝撃がその場の全員を揺さぶった。

将兵たちが狼狽《ろうばい》し姿勢を崩す。元の体勢を維持していたのはソーマたち神機使いだけだ。

照明が落ち、非常灯が辺りを赤く不気味に照らす。耳障りな警報が、非常事態を視覚だけでなく聴覚にも訴えた。

「来やがった」

ソーマは我に返り呟いた。間違いない、アラガミの襲撃だ。

「なに事だ!?」

ジューコフが叫び、壁のスピーカーが慌てた様子のロシア語で戦闘配備を繰り返した。

詳細は不明だが、三キロ先の核融合炉第一装甲壁で爆発を確認したらしい。

ジューコフが状況の確認を細目の准尉に命じ、将兵たちが部屋を飛び出していく。

「事故ってわけじゃなさそうだ」

リンドウが大声で言うと、ツバキが足元の神機ケースを持ち上げた。

「ああ。恐らくアラガミの襲撃だ」

P五三偏食因子への適合率が高いツバキたちにも、ソーマのような超感覚はないらしい。だが経験でアラガミの襲撃と悟ったようだ。

「ジューコフ大尉！　我々は核融合炉の防衛に向かいます！　よろしいか!?」

ツバキが壇上のジューコフに叫ぶと、ジューコフは頷き叫び返した。

「状況が判明しだい追って連絡する。出撃されたし！」

ジューコフの許可が下りたので、ソーマたちも各自の神機ケースを手に部屋を飛び出した。

長い廊下をエントランスホールに向け走りながら、先頭のリンドウが襟元《えりもと》の無線でヘリのパイロットに呼びかける。

「こちらリンドウだ！　迎えに来てくれ！」

返信はすぐにソーマの無線機にも聞こえてきた。

〈こちらナイチンゲール一〇四。ああ、今そっちに向かってる！〉

「状況を報告しろ！　アラガミなら種別と正確な数だ！」

真ん中のツバキが続いて指示を出す。パイロットが上ずった声で毒づいた。

〈ホーリー　シット！　数えられない！　下はアラガミの大群でいっぱいだ！〉

「なんだと!?」

目の前のツバキが急に立ち止まった。

ソーマは慌てて神機ケースを抱きかかえ、ツバキの背を避け廊下の壁に肩からぶつかり急制動をかけた。

「急に止まるな」

ぼやいてみたがツバキには聞こえていないようだ。目を見開き襟元に向かって叫んでいる。

「どういうことだ!?」

〈オウガテイル、ザイゴート、コンゴウにクアドリガも見た！　それだけじゃない。ありとあ

らゆるアラガミが押し寄せてきてる!〉

ソーマも驚きわずかに目を見開いた。防壁の偏食因子の更新が間に合わなかった際、たまに見られるごく少数の偶発的な襲撃を予想していたからだ。

ツバキがさらなる報告を求めた。

「馬鹿な……偏食場レーダーはどうした?」

〈ここら一帯を覆うようなでかい反応を感知したと思ったら、直後にいかれちまった! いったいなにが起きてるんだ!?〉

ツバキが絶句し、数メートル前で立ち止まっているリンドウと顔を見合わせた。

確かに聞いたこともない状況だ。

核融合炉は、旧型とはいえこの作戦指令基地と同じ電磁型の対アラガミ装甲壁で覆われていたはずだ。それほど多種多様なアラガミが一度に押し寄せて来るほど、美味《うま》そうな食事に見えるわけがない。

そのためジューコフも羊飼い役をソーマたちに押し付けた。ほかのなにかがアラガミを誘き寄せたとでもいうのだろうか……。

父ヨハネスの能面のような顔と、マルセル・ヴィヨンのすがるような顔が頭を過《よ》ぎり、ソーマは思わずポケットの上から指輪に触れた。

ソーマは珍しくマイクに声を張り上げた。

「調査部のヴィヨンって奴はどこにいる」
〈まだ融合炉だ。連合軍の技術屋と中に入ったっきり連絡が取れない！　ヘリを失うわけには
いかないからな……悪いが置いてきた〉
「姉上、こいつはひょっとして……」
「ああ。あのアタッシュケースか」
ツバキとリンドウも、異常事態とヴィヨンの関係に思い至ったらしい。
ヴィヨンが持っていたアタッシュケースを、ヨハネスは袖の下と言っていた。本当に言葉ど
おりのものならば、ヴィヨンからジューコフの手に渡っているはずだ。
だがヴィヨンはヘリを降りず、ジューコフもなにが起きているのか把握《はあく》していなかった。
クソ親父め。連合軍が無能なのを見越して、ヴィヨンになにか仕込ませたに違いない！
「うちからの技術提供って、具体的にはなんだったんです？」
リンドウが問うと、ツバキが顔にかかった前髪を払い答えた。
「オラクル細胞を練りこんだ水素ペレットの提供だ。融合炉を内側から破壊する弾丸のような
ものだな。連合軍側の作戦要綱にも記載があった。双方で共有されている情報だ」
水素ペレットとは、核融合炉に燃料として供給される極小サイズの固体水素の塊《かたまり》だ。水素ガ
スをマイナス二六三度で冷却し生成する。
この直径わずか数ミリの弾丸を炉内のプラズマに高速で入射すると、固体水素は溶発しなが

らプラズマ内を飛び回り、効率よく水素を融合炉に供給してくれる。

そのペレットにオラクル細胞を閉じ込めればどうなるか。

解き放たれた超高速のオラクル細胞は無数の刃となって炉内を駆け巡り、同じオラクル製の強靱《きょうじん》な外郭《がいかく》をも破壊する。

だがそれはあくまで融合炉を破壊するための技術だ。アラガミが押し寄せた原因は別にある。

「ほかになにかあるな……どうします？」

リンドウはソーマを一瞥してから姉に決断を求めた。

十中八九、アラガミが押し寄せてきたのはヨハネスの差し金だ。この作戦には裏がある。

ゴッドイーターは貴重な戦力だ。嫌がらせでわざわざ死地に送り込み情報を秘匿《ひとく》するわけがない。

父は麾下《きか》随一《ずいいち》の精鋭部隊にも言えないなにかを隠しているのだ。息子の自分にさえも。

「親父がなにを企んでいようが、俺には関係ねぇ。ヴィヨンを助け出す」

ソーマがそう言うと、リンドウが意外そうな顔を向けた。

「お前、あの中尉とそんな仲良かったのか？」

「そんなんじゃねぇ……預かりもんがあるだけだ」

ソーマしか会えない、コーデリアに渡してくれとヴィヨンは言った。戻れないとの覚悟があってのことだ。

初対面の子供に指輪を託さねばならないようなことをやらせているのは、父ヨハネスに間違いない。落とし前は息子である自分がつけるべきだ。

ソーマを見つめるツバキの口元が綻《ほころ》んだ。

「そのとおり。我々は人類最後の砦《とりで》だ。なにがあろうと任務を全うし、救える命は全力で救い出す。ついてこい！」

ツバキが再び駆け出し、ソーマとリンドウも後に続いた。

迎えに来たヘリに飛び乗り少し飛ぶと、吹雪の向こうに八の字型に輝く巨大なオレンジ色の円筒が見えてきた。

よく見ると光は二重構造になっており、そのさらに内側に複雑な建造物群が見える。連合軍の核融合炉だ。

むかしの原子力発電所のクーリングタワーのような形をした光の筒は、建屋と付随する設備をすっぽり覆う電磁式の旧型装甲壁だ。

装甲壁の周囲には、パイロットが言ったとおり無数のアラガミが集まっていた。

装甲壁の電磁バリアを構成する柵の一部が破壊され、外側の装甲壁には大穴が開いている。

そこかしこで瞬《また》く、いかにも頼りない火花も見えた。連合軍将兵による応戦だ。

だが申し訳程度に微量の調整済みオラクルが練り込まれただけの小火器では、アラガミを倒すことはできない。

ソーマには、餌がここにいるぞと自ら教えてやっているようにしか見えなかった。

案の定、あちこちで将兵たちが無残に引き裂かれ、喰い千切られ、嚙《か》み砕かれていく。

それでもソーマたちより先行していた連合軍のヘリから、増援の将兵たちが果敢《かかん》にラペリング降下しはじめた。

ジューコフは基地に割いていた兵力もすべて融合炉の防衛に投入したようだ。

ソーマたちのヘリにも、融合炉が臨界に達するまでなんとしてもアラガミたちを遅滞し時間を稼げと連絡があった。

ツバキがヴィヨンの安否を尋《たず》ねたが、通信士からの返答はパイロットの報告と同じだった。

連合軍側も、融合炉にペレットを入射するため送り込んだ技術者たちと未だに連絡が取れないらしい。

爆破の制御は基地のコントロールセンターから遠隔操作できるため、作戦に支障はないと告げる通信士の声にソーマは舌打ちした。

連合軍は味方の安否が確認できるまで、待つ気はないようだ。

「突破された壁の真上につけろ！」

ツバキがパイロットに命じた。ヘリが高度を下げる。

キャビンのスライドドアは離陸時から開け放たれたままだ。吹き込んでくる冷気と雪が、ソーマたちの露出した顔を容赦《ようしゃ》なく痛めつけた。

「我々が降下した後も、ヴィヨン中尉と連絡を取り続けろ。位置がわかったら教えてくれ。可能なら彼だけ先にピックアップしろ！」

ツバキがコクピットに向かって叫ぶと、了解とパイロットが応えた。

「うようよいやがる」

眼下を見下ろしリンドウが言った。

「融合炉の準備が整うまでの時間稼ぎだ。覚悟はいいな」

ツバキが任務の念を押した。言外にヴィヨンが脱出するまでという意味も込められているのは間違いない。

「ヘッ、羊にしては凶暴そうだぜ」

リンドウが吐き捨てた。

「行くぞ、一匹も通すな！」

ツバキの号令一下、ツバキ、リンドウ、ソーマは、高度五〇メートルほどから空中に身を躍《おど》らせた。

ラペリングロープも身につけていない。手に神機があるだけだ。

風を切り地面が迫る。

ソーマは鈍色《にびいろ》の神機を逆手に振り上げ、眼下で浮遊《ふゆう》している飛行型アラガミに狙いを定めた。

体内に溜めたガスで空を飛ぶ、ザイゴートと呼ばれる基本種だ。

ソーマと神機の重さに落下の加速を加えた刀身は、裸の女と巨大な卵が融合したような異形《いぎょう》のアラガミを一撃で粉砕した。

自由落下の運動エネルギーをアラガミに叩きつけて相殺《そうさい》したソーマは、難なく地上に降り立った。

顔を上げると、同じようにアラガミを相手に着地したツバキとリンドウが神機を構えている。

リンドウが赤銅色のチェーンソーのような神機を振りかぶり、アラガミの群れに突進した。

重い神機を身体ごと振り回し、刀身に遠心力を乗せてザイゴートにぶつける。

一刀でザイゴートを斬り伏せたリンドウは、アラガミごと地面にめり込んだ神機の刀身を棒高跳びのポールのように利用して宙に舞った。

すかさず刀を返し、上空から迫る女体と蝶《ちょう》が融合したようなサリエルの頭を叩き割る。

まだリンドウが空中にいる間に、着地点にゴリラと仁王像を掛け合わせたような巨体が突っ込んできた。コンゴウだ。

リンドウは着地ざまシールドを展開してコンゴウの拳を受け止めると、がら空きの腹を深く斬り裂いた。悲鳴のような咆哮《ほうこう》をあげコンゴウが倒れ伏す。

瞬《また》く間に三匹のアラガミを血祭りにあげたリンドウは、そのまま敵陣深く斬り込んで行った。

まるでアラガミとダンスでもしているかのようだ。動きにまったく無駄がない。

目の前の敵だけでなく、瞬時に戦場の流れを見極め二手三手先のことまで考えていなければできない体捌《たいさば》きだ。

ツバキのドラムマガジンを乗せた銃型アサルト神機が火を噴いた。

3WAYホーミング弾が、リンドウが見逃したり討ちもらした敵を正確に撃ち抜く。

ツバキの援護射撃は、リンドウが抉《こ》じ開けた突破口をじわじわと、確実に拡げていった。

リンドウは振り向きもしない。

ツバキは前に出過ぎとも思える弟を止めもしない。

ソーマは舌を巻いた。

「これが第一部隊か」

この二人は、お互いがどう動き自分が次に相手のためになにをすればいいか、完璧《かんぺき》に理解しているのだ。

教本に載せてもおいそれとは真似《まね》できそうにない理想的な連係だ。

負けてはいられない。

ソーマがリンドウとツバキに見惚れていたわずかの間に、二足歩行恐竜の前足を切り落として鎧《よろい》を着せたようなオウガテイルが右手から躍りかかってきた。

同時に頭上を過ぎった丸い影が、ザイゴートが上から左手に回り込もうとしていることを告げていた。

挟《はさ》み撃ちにする気か。脳すらない化け物が生意気な。

象牙《ぞうげ》のような牙を生やしたオウガテイルの顎《あぎと》が迫る。ソーマは貪欲《どんよく》そうにぎらつくそいつの目を上目遣いに睨み返した。

俺はこいつらとは違う。こんな醜悪《しゅうあく》な人喰いの化け物では断じてない。

ソーマは悪鬼の真っ赤な顎が嚙み合わされる寸前、イーブルワンを下段から喉元目がけ斬り上げた。

その勢いを借りて身体の向きを変え、返す刀を上段から振り下ろす。

先に後ろで、数瞬遅れて目の前で血しぶきが上がった。オウガテイルとザイゴートが地響きをあげて地に落ちた。

オラクル細胞の群体であるアラガミに血液は必要ないはずだが、たまにこうして出血するものもいるらしい。

捕喰《ほしょく》した生き物の形質を取り込んだ結果、血液を真似るオラクル細胞も出てきたのではないかという話だ。いずれは人間の脳を模倣した器官を持つアラガミも生まれるのかもしれない。

ソーマは血煙が晴れる前に駆け出した。

いつの間にか一〇メートルほど先の地面にコクーンメイデンが生えていた。

中世の拷問《ごうもん》道具、鉄の処女《アイアンメイデン》と繭《まゆ》のような外観からこう呼ばれている。

確認されているアラガミの特徴は、フェンリルのデータベースネットワーク、ノルンを参照してすべて頭に入れてある。

コクーンメイデンには足がなく移動方法が謎《なぞ》とされていたが、夜中に地中を移動しているのではないかという説は本当のようだ。でなければ、少し前まで防壁に守られていた敷地内にいるはずがない。

こいつはどういうわけかレーザー発振機能を身につけており、頭頂から発射する。対応マニュアルには後背に回り込むよう推奨《すいしょう》されていたが、ソーマは無視することにした。一撃目のレーザーが照射され、一瞬前までソーマがいた地面を焦がす匂いがした。その間に、速度を緩めず左から弧を描くように走り寄る。

ソーマは回り込むと見せて急に方向を変え、コクーンメイデンの正面から突っ込んだ。読みどおり二撃目はあさっての方向の地面を吹き飛ばした。

マニュアル通り回り込もうとしていれば、直撃していた位置だ。教本を逆手にとってリードを取らせてやった甲斐《かい》があった。

そいつが三射目をチャージする前に、ソーマは神機を振りかぶって地面を蹴った。鋸状《のこぎりじょう》のブレードが頭にめり込み、コクーンメイデンは木が倒れるように前にのめった。

ソーマはその背を滑り台のように利用して転がり落ち、着地ざますぐ間近に迫っていたコンゴウの懐に飛び込むと、腹を左薙《な》ぎに掻《か》っ捌《さば》いた。

リンドウにできて自分にできないはずがない。

そのまま刀身の勢いを殺さず身体ごと回転し、その先にいた別のコクーンメイデンの胴も輪切りにした。

初陣の滑り出しにしては上々だろう。ソーマはリンドウを援護するため即座に後を追った。

ツバキが気づいたのか、援護射撃がソーマの周りも掠《かす》めるようになった。

間に五メートルほど距離を置き横に並ぶと、リンドウは疾走したまま横目でソーマを見やり口元を緩めた。

二人の間をツバキのホーミング弾が追い抜いて行く。狙いは正面に待ち構える一際巨大な鋼の蠍《さそり》、ボルグ・カムランだ。

四本脚で立つ戦車ほどもあるこいつは、鋏《はさみ》の代わりに盾《たて》と鎌を兼ねた硬い前肢《まえあし》を持っている。

その厄介《やっかい》な前肢にホーミング弾が着弾し辺りを爆煙が包んだ。

リンドウは構わず爆煙に突っ込んで行く。ソーマも後に続いた。

リンドウが地を蹴り、ボルグ・カムランの頭上を飛び越えながら頭部に回転斬りを見舞った。

ツバキに前肢を奪われ、リンドウに頭を斬りつけられたアラガミは脚を折り地面に落ちた。

だがまだ身体の二倍はある、槍のような長い尾が残っている。

ボルグ・カムランはソーマ目がけて執拗《しつよう》に尾を振り下ろした。

ソーマは右へ左へと跳び回り、尾をかわしながら距離を詰めると、渾身の力でボルグ・カムランの傷ついた頭を薙いだ。

頭部が結合崩壊し、巨大なアラガミは天高く血を吹き上げもんどりうった。轟音《ごうおん》と共に長い尾が地面に落ち、のた打ち回る。

リンドウは上手く尾を避けたが、巻き込まれた小型アラガミが吹き飛ばされどこかへ飛んで行った。

「やるな、少年！」

リンドウが声を張り上げた。

「少年じゃやねぇ！」

思わずツバキのように応じると、リンドウはにんまり笑みを浮かべた。

これがリンドウ流の人付き合いなのだと気づき、ソーマは舌打ちした。

姉弟漫才のノリにまで付き合う必要はない。人を喰ったようなリンドウのペースに乗せられないことだ。

リンドウが急に真顔になり駆け出した。後を追うと、連合軍兵士の部隊がアラガミの一団に押し込まれていた。

基地で絡んできた赤鼻の一味の男に、コンゴウが覆いかぶさった。

リンドウが駆け寄り、コンゴウの脇腹に深々と神機を突き刺し男の脇へ蹴倒した。

「下がってろ！」

震え上がっている男に叫ぶと、リンドウはほかの兵士の元へ走って行った。

コンゴウはまだ起き上がれない男の横で身じろぎしている。

ソーマは神機を捕喰形態《プレデターフォーム》に変形させ、コンゴウに止《とど》めを刺した。

神機にアラガミを喰わせるソーマを男が見上げていた。

ソーマは男の怯《おび》え切った目を無感情に見下ろした。

「ひっ……！　ば、化け物！」

男はそう叫び何処《どこ》かへ逃げて行った。

化け物――

かつてソーマの頭を鉄パイプで殴りつけた少年もそう言った。

初陣のくせにこれだけ殺すことができる。確かに自分は化け物だ。

「クソッ……！」

ソーマは吐き捨て、兵士たちに群がるアラガミに突進した。

化け物なら化け物らしく、殺して殺して殺しまくってやる。

自分は化け物を喰らう化け物としてこのイカれた世界に産み落とされたのだ。

望みどおりにやってやる。それすらできなければ、いったいなんのために生まれてきたというのか。

ソーマはいつしか雄叫びを上げていた。

どれくらい過ぎたろう。

もう何匹目かもわからないオウガテイルを斬り伏せた時、ソーマはヘリのローター音に気がついた。

ナイチンゲール一〇四番機がヴィイヨンを見つけたのか？

だが見上げると、兵士たちを乗せた連合軍の輸送ヘリが第二装甲壁の内側から続々と飛び立っていくところだった。

「おい！　なんであいつら退いていくんだ!?」

リンドウが叫んだ。まだソーマたちの元に撤退命令は届いていない。

「見捨てるつもりか……！」

ツバキもヘリを見上げ歯噛みした。

ソーマたちの善戦で第二装甲壁から先はまだ突破されていない。

融合炉が臨界に達し爆破の準備が整ったのならば、こちらにも撤退の指示があってしかるべきだ。

ジューコフは、はなからソーマたちを見捨てるつもりだったに違いない。彼らにとってゴッドイーターもアラガミ同様、殲滅すべき化け物に変わりないのだろう。

ソーマは第一装甲壁の裂け目から吹雪の原野を見据え呟いた。

「まだ来る」

なにかに誘き寄せられるように、続々と押し寄せて来る大型アラガミの影が見える。

「くそっ……このままじゃもたねぇ！」

さすがのリンドウも悔しそうな声を上げた。

嵐のような連戦でソーマたちも消耗しきっている。あれだけの大型種は防ぎようがない。なによりもうじき背後の核融合炉が吹き飛ぶ。

広島型原爆六〇〇〇発分以上の爆発に巻き込まれれば、助かる見込みなどあろうはずもない。

自分はここであの化け物どもと死ぬのか。

それもよかろう。ならば一匹でも多くこの手で道連れにしてやる。

だが、ヴィヨンの願いを叶えてやれないことが心残りだった。

――あなたはこの世界に福音をもたらすの。みんなをアラガミから守ってあげて――

突然、耳鳴りと共にかつて聞いたような気がする懐かしい声がソーマの頭の中に木霊《こだま》した。

驚き核融合炉を振り向いた途端、目も眩《くら》む閃光《せんこう》と衝撃波が押し寄せてきた。

恐怖は感じなかった。ソーマは不思議な温かさと安らぎに包まれ意識を失った。

4　冷たい食卓　二〇六五年十一月

　朝焼けの中、ナイチンゲール一〇四はアナグラのヘリポートに着陸した。およそ三八時間ぶりの帰還だ。

　ソーマたちがヘリから降り立つと、整備士たちの中から駆け出してきた少女がリンドウに抱きついた。一五、六歳くらいだろう。黒髪のショートボブにミッションオペレーターの制服を着ている。

「おい、どうしたサクヤ」

　リンドウが戸惑《とまど》い気味に少女の両肩を両手で包んだ。

「よかった……」

　サクヤと呼ばれた少女は大きな目を潤《うる》ませ心底ほっとしたように呟《つぶや》いた。

　ソーマたちが生きているという報せは一八時間ほど前にあったはずだが、顔を見るまで安心できなかったようだ。

　当たり前だ。核融合炉の爆心地に取り残された人間が生きていたと聞いて、すんなり信じる奴のほうがどうかしている。

「足はちゃんとついてるぜ」

リンドウがサクヤの身を引き剝《は》がしおどけてみせた。サクヤが眉根《まゆね》を寄せリンドウの広い胸を叩く。

「茶化さないで」

それからサクヤはツバキに向き直り頭を下げた。

「ツバキさんもご無事でなによりです」

「心配をかけたようだな」

ツバキが微笑《ほほえ》み返す。リンドウが、独り重苦しく沈黙したままのソーマを横目で見やり呟いた。

「全員生還、というわけにはいかなかったがな……」

ソーマは正面を見据えたまま、コートのポケットの中で指輪を固く握り締めた。

そんなソーマに気を回したのか、リンドウが両手でサクヤをソーマの目の前に押し出した。

「ソーマ、俺と姉上の幼馴染《おさなな じ》みのサクヤだ。駆け出しのミッションオペレーターだが、この先ちょいちょい顔を合わせることになるはずだ。よろしくな」

「あなたがソーマ君ね。噂は聞いてるわ。最年少でゴッドイーターになっちゃうなんて、凄《すご》いわね」

サクヤが屈託のない笑顔を向けてくる。なにが凄いものか。ソーマは目を逸らした。

「私もゴッドイーターになりたいんだけど、適合する神機《じんき》が見つからなくて……。尊敬しちゃうなぁ。一生懸命サポートするからよろしくね」

リンドウがサクヤの頭に大きな手を置き、ぽんぽんと軽く叩いた。

「どうだ、美人だろソーマ。お前ら年も近いし付き合っちゃえよ」

「リ、リンドウ!?」

サクヤが慌ててリンドウを突き飛ばした。

こんな馴れ合いに付き合っていられる気分ではない。ソーマは無言でエレベーターに向かった。

「あ……ソーマ君。本日一八〇〇《ヒトハチマルマル》に支部長室に出頭するようにって、副官のフィッツロイさんから言付かってます」

ソーマは足を止めサクヤを振り向いた。

「誰だって」

「誰って、支部長の新しい副官のコーデリア・フィッツロイ少尉だけど……それまで十分休養を取っておくようにって」

自分が知っている父の副官は男だった。人事異動があったらしい。指輪を届けなければならない相手が父のそばにいる。行かないわけにはいかない。

ソーマはヴィヨンの遺体が載せられたままのヘリを一瞥《いちべつ》し、再びリンドウたちに背を向け歩き出した。

背後でリンドウのため息と事情を問いただすサクヤの小声が聞こえた。

「みんなが出発した後、支部長に呼び出されてリンドウのことをいろいろ聞かれたわ。いったいなにがあったの？」

そんな声もエレベーターの分厚いドアに遮られ、やがて聞こえなくなった。


ソーマはシャワー室でシャワーを浴び、居住区の新人区画にあてがわれた自室に戻りベッドに横たわった。

薄暗い部屋の中はがらんとしていて寒々しかった。備え付けのソファにローテーブル、ベッドの足元に大きなデータベース端末があるだけだ。自分のものと呼べるものは着るもの以外はとんどない。

第一部隊に配属が決まるまでは研究施設に閉じ込められていた。神機以外でなにかを所有したのはこの部屋がはじめてだ。

神機は任務が終われば整備班に返却し、保管庫で厳重に管理される規則だ。部屋に持ち込めるものではない。

目を閉じ休もうとしたが、これまで起きたさまざまなことが頭を過《よ》ぎり寝つけなかった。

なぜ自分たちが助かったのかは、ナイチンゲール一〇四が上空から撮影していたハイスピードカメラの映像で知った。任務中の行動は記録が義務付けられている。その映像をパイロットが見せてくれた。

異様としか言いようのない光景だった。

上空に退避したヘリの眼下で眩《まばゆ》い閃光《せんこう》が膨《ふく》れ上がったかと思うと、無数の巨大な触手が光の中心部から伸び、膨張しようとする核爆発の閃光と衝撃波を幾重にも包み込んだ。

その直後、触手は解放されるはずの膨大なエネルギーもろとも跡形もなく消えてしまった。少なくとも映像ではそう見えた。

ソーマたちはその怪現象の後、爆心地の瓦礫《がれき》の中に埋もれた状態で意識を取り戻した。周囲に残されていたのは核融合炉一基と付随設備の残骸《ざんがい》にしては少なすぎる瓦礫の山、それに連合軍兵士たちの死体だった。押し寄せていたアラガミの群れも一匹残らず消えていた。奇跡的に掠《かす》り傷程度で済んだソーマたちは、すぐさまヴィヨンの捜索にあたった。自分たちが生きていたのだ、ヴィヨンも生きているかもしれない。

期待は一時間ほどで裏切られた。第二装甲壁の残骸の内側、融合炉付近の瓦礫の下で右腕の肘から先が見つかった。

黒いスーツの生地とフェンリルの紋章が刻まれた手錠《てじょう》で、ヴィヨンのものとわかった。手錠の先のアタッシュケースは消えており、腕の切断面は融解していた。原形質状のアラガミに捕《ほ》喰《しょく》された際に見られる痕跡《こんせき》だ。

ヴィヨンはそこで死んだ際、アラガミと共にいたようだ。爆発まで第二装甲壁は突破されていない。融合炉施設の中にアラガミがいたとしか考えられない。

だとすればヴィヨンを喰らったのはあの触手の持ち主だろう。信じ難いことだが、そいつは膨大な核融合エネルギーと融合炉一基分のオラクル細胞の大半と共に、ヴィヨンの身体のほとんども捕喰して姿を消したのだ。

それ以上は調べることができなかった。

調査部のナイチンゲール九五と九六番機が見計らったように飛来したからだ。ヘリから降りてきた調査部の連中は、全身を対放射線オラクル防護服で包んでいた。

防護服たちは現場検証と神機使いの被爆検査、健康チェックと称してソーマたちを現場から追い出した。

検査の合間にリンドウとツバキが何度か詳しい状況の説明を求めたが、連合軍の基地もアラガミに襲撃されジューコフ以下全将兵が戦死したということ以外、調査中のため答えられないとはぐらかされただけだった。

だがソーマとリンドウは、防護服の一人がヴィヨンが持っていたのと同じようなアタッシュケースを現場から持ち去るのを見た。

同じものかはわからない。ただ、冷却中を示すランプが点っていたのは間違いない。

防護服たちはヘリにアタッシュケースを載せると、ソーマたちを残しさっさと飛び去った。

残された医師や看護士と共に、ソーマたちが現場を離れることを許されたのはそれから二時間後だ。

検査結果は軽度の中性子被曝《ひばく》が認められるものの、三人ともただちに生命に別状はないというものだった。

覆い被さるように飛散したオラクル製の融合炉の破片が、中性子と高温の直接照射からソーマたちを守ったのではないかと医者は言った。爆心地の近くにいたことがかえって幸いしたのではないかということだったが、ソーマにはそうは思えなかった。

自分たちは助かったのではなく生かされたのではないか。

爆発の瞬間に聞こえた、みなをアラガミから守れという声の主が誰かはわからない。ツバキもリンドウもなにも聞いていないという。

だがあの声は今まで聞いたこともないような優しさと願いに満ちていた。奇跡や偶然ではなく、あの声に生かされたのだと思いたかった。

母の声とはああいうものなのだろうか。

ソーマは天井の常夜灯の薄明かりに指輪をかざし、ぼんやりと眺めた。

この指輪は婚約指輪だろうとツバキが言っていた。ヴィヨンからなにを預かったのかと問われて見せた際、ツバキがやり切れなさそうな表情を浮かべ教えてくれた。結婚を決意した男が恋人に送るものらしい。

父も母に送ったのだろうか。

父もヴィヨンのように母を愛したのだろうか。

どんな顔をして、彼の愛した女にこれを渡せばいいのだろう。

人を愛すとはどんな気持ちなのだろう……。

ソーマはまんじりともせず、闇の中で息を潜め続けた。


指定された時刻に役員区画の支部長室を訪れると、背の高い金髪の美しい女がソーマを出迎えた。

二〇代半ばだろうか、内勤を示すタイトスカートの仕官服にパンプスを履いている。

「ソーマ・シックザール上等兵ですね。支部長がお待ちです」

声に抑揚はなく、顔は蒼白で能面のようだ。

胸の階級章は少尉。この女がコーデリア・フィッツロイに違いない。ヴィヨンから預かった指輪を渡さなくては。

だがソーマは、自分を見下ろす魂《たましい》の抜けたような目を見てなにも言えなくなった。

遠いシベリアの地からの報せは、サクヤとは対照的にこの女を奈落《ならく》の底に突き落としたようだ。腫《は》れて赤味を帯びた目は、彼女が失ったものの大きさを物語っているように思われた。

怒りや好奇心、無感情や忌避《きひ》の眼差しは何度も浴びてきた。だがこんな目を向けられたのははじめてだ。

人は大切な者を失うとこうなるのか。

ソーマは生まれてはじめて味わう居たたまれなさに、その場から逃げ出したくなった。

おどおどと視線を泳がせ部屋の中を窺《うかが》うが、ヨハネスの姿が見当たらない。いつもならドアの真向かいにある執務《しつむ》イスで踏ん反り返っている。

「あ、お、親父は……？」

ようやく声を絞り出すと、コーデリアが身を引きソーマを部屋の中に招き入れた。

「こちらです」

コーデリアが背を向け右手の奥にあるドアへ向かう。ソーマは支部長室に足を踏み入れコーデリアの後に従った。

今どき貴重な木製の執務机の背後には、壁一面に大きなフェンリルの旗が掲げられている。その下の棚には古風なセピア色の地球儀や分厚い本が並んでいた。

部屋の両脇の棚の上には、アラガミに滅ぼされた欧州の文化を惜《お》しんででもいるのか、活け花や古い陶器の絵皿が飾られていた。

左手の壁には父がよく眺めていた縁起でもない絵画が飾られている。荒れ狂う大海に今にも沈もうとしている帆船と、嵐の海に浮かぶ一枚の板の絵だ。『カルネアデスの板』というらしい。古代ギリシアの哲学者の問いを題材にしたものだ。

沈む船から嵐の海に投げ出された船員が、やっとのことで板きれに摑《つか》まった。そこへもう一人板にすがろうとする者が流れてきた。二人が捕まれば板は沈んでしまう。先に板にしがみついた船員は後から来た者を突き飛ばし自分だけが助かった。

この男は罪に問われるべきか否かという問いだ。父がどうすべきだと答えたのかは、なんとなくわかる。

奥の扉が開き「ソーマ・シックザール上等兵をお連れしました」とコーデリアが抑揚のない声で告げた。

奥の間は間接照明で照らされた細長い部屋になっていた。一〇人がけの長いテーブルの一番奥の席にヨハネスが座っている。長方形の短辺にあたる席だ。

父は手元の分厚い本に視線を落としている。本の脇には長い足の細身のグラスがあった。グラスの中には薄い黄金色《こがねいろ》の液体が七分目くらいまで注がれている。

父の席からわずかに離れた位置には、長い脚のスタンドにステンレス製らしいバケツのようなものが載せられていた。バケツの中には緑色のボトルが入れられている。バケツはボトルを冷やすためのものらしい。

コーデリアがヨハネスの対面になる手前のイスを引き、座るでもなく背もたれに手をかけたまま俯《うつむ》き加減に立っている。

これはいったいなんの真似《まね》だ？

父の意図がわからずソーマは部屋の入り口に立ち尽くした。

「どうした、座れ」

数十秒後、ヨハネスが書物から顔をあげ言った。コーデリアが引いた席に座れということらしい。

ソーマは戸惑いがちにイスにかけ、四メートルほどの距離を隔てヨハネスと向き合った。コーデリアがテーブルの横のワゴンでグラスになにかを注ぎ、ソーマの前に置いた。ヨハネスの前にあるのと同じようなグラスには、似たような黄金色の液体が注がれている。

ソーマはいつ指輪のことを切り出そうかとコーデリアの顔を盗み見た。

だがコーデリアは視線を合わせず、ヨハネスに一礼するとそのまま部屋から出て行った。まるで感情のないロボットのような所作だ。なにも考えないように淡々と職務をこなしているように見える。

ヨハネスが本を脇にのけ、眼前にグラスを掲げてから一口呷《あお》った。わずかに細い眉《まゆ》の端を上げ感心したような唸《うな》りを漏《も》らす。

「一二年前の紛《まが》い物だが悪くない。もっとも、その頃にはとうに本物のシャンパンなど製造できなくなっていたがな。人類が失った、取り返しようのない宝の一つだ……」

一二年前。ソーマが生まれた歳だ。

なにかを偲《しの》んでいるのか哀しんでいるのか、ヨハネスはぼんやりと気の抜けたような顔で、黄金色の液体の中を立ち昇る一筋の泡を見つめ続けた。こんな父の顔もはじめて見る。

ソーマの視線に気づいたのか、ヨハネスは我に返ると顔を引き締めいつもの無表情に戻った。

「飲め。それは酒ではない」

よく見ればこちらの液体には気泡が立っていなかった。グラスを手に取り口元に運ぶ。微かな花のような香りが鼻腔《びくう》をくすぐった。ヨハネスから目を離さず警戒しながら口に含む。酸味のある甘い味が口いっぱいに広がった。

美味《おい》しい。少し酸っぱい。でも甘い。

ソーマはなにか果物の絞り汁であろう液体を気に入り、一気に飲み干した。

ヨハネスが目を細めた。

「それはぶどうの搾《しぼ》り汁だ。醸造するとワインになる。このシャンパンの贋物《にせもの》は、ボトルに詰めたワインに糖と酵母を加え二次発酵させたものだ。まだほかにも寝かせてある。お前にやろう。あと八年、生き延びることができたら飲むがいい」

あと八年？　そんなに生き延びられるはずがない。

ゴッドイーターの多くが短命だ。ほとんどがアラガミに喰われるか八つ裂きにされて死ぬ。生きて引退できる者はごくわずかだ。

息子が成人まで生きているわけがないと承知の上で、そう言っているのだろう。

ならば意地でも生き延びてやる。生きてその人類の宝とやらを味わってやる。

自分がこの先、何年生きるかなど考えたこともなかったが、ソーマはとりあえず八年先までを目標に据《す》えた。

コーデリアが、料理の盛られた軍用ミールトレイを乗せたワゴンを押して再び部屋にやってきた。そういえばもう随分まともな食事をしていない。

コーデリアはナイフとフォークをヨハネスの前に並べトレイを置いた。

父はわざわざ食事の光景を見せるために呼びつけたのだろうか。心ここに在らずといったコーデリアに、偉そうに配膳《はいぜん》などさせているのが気に障った。

「なんの用だ。早く用件を言いやがれ」

ヨハネスはわずかに眉根を寄せた。

「わからんのか？」

「わかるわけねぇだろ。その口は飾りか？」

ヨハネスは唸り、また酒を一口飲んでから言った。

「私はお前の知能を買いかぶっていたようだ。この状況を見てわからんとはな」

ソーマはいらだちを募らせ声を荒らげた。

「喧嘩《けんか》売ってんのか」

「お前を食事に招いたのだが、言わねばわからんか」

「食事……？」

ソーマは眉根を寄せ口を半開きにしたままヨハネスの顔を見返した。

俺と食事？　親子が一緒に食事をするものだということは読み物で知っている。だが生まれてこの方、一緒に飯など食ったことがない。それを今さら？　気でも狂ったのだろうか。

唖然《あぜん》としているソーマの前に、コーデリアがナイフとフォーク、トレイを並べた。合成牛肉のローストや、養殖魚のムニエルの匂いが食欲をそそる。

「フィッツロイ少尉。それはそのジュースが気に入ったようだ。サーブを頼む」

ヨハネスが命じる。コーデリアはソーマの前の空のグラスをさげ、飲み物が置かれたワゴンに向かった。

ソーマは席を立ち慌ててコーデリアを呼び止めた。

「い、いい！　いらねぇ！」

これ以上、彼女に面倒をかけたくない。それでもコーデリアはグラスにぶどうジュースを注ごうとした。

「じ、自分でできる！」

ソーマはやめさせようとして、コーデリアの手に触れてしまった手を慌てて引っ込めた。

「わ、悪ぃ……」

コーデリアが生気の無い目を向けてくる。だめだ、どうしていいかわからない。

ソーマは意外な成り行きで忘れていた、届け物のことを思い出した。ポケットをまさぐり、探り当てた指輪を叩きつけるようにワゴンの上に置いた。

「あの、こ、これ！　ヴィヨンから預かった！　あんたに、渡してくれって……」

勢いに任せてまくし立てたが、声はどんどん尻つぼみになっていった。

「マルセルが……？」

ヴィヨンの名を聞き、コーデリアの目に感情の色が浮かんだ。指輪に落とした切れ長の目を丸め、震える手で取り上げる。

「マルセル……！」

嗚咽《おえつ》とともに、緑色の瞳いっぱいに涙が溢《あふ》れた。

堪《こら》えきれなくなったのか、コーデリアは部屋を飛び出していった。

胸が締め付けられるとはこういうことか。ソーマは喘《あえ》ぐように肩で息をした。他人のあんな顔はもう見たくない。胸中に広がった罪悪感は、燃えるような怒りとなって口から吹き出した。

「てんめぇ……ヴィヨンになにをやらせやがった！」

ソーマは腕を振り回すようにヨハネスを振り向いた。

ヨハネスはいつの間にかテーブルに両肘をつき、組んだ手で口元を覆っている。こちらを見つめる冷たい目は、ソーマに過酷な実験を課すたびに何度も見せた科学者のそれだ。

「水素ペレットを持たせただけだ」

ヨハネスは眉一筋動かさずそう言った。ソーマは横のテーブルに拳を叩きつけた。

「嘘だ！　じゃあなんでアラガミが押し寄せてきた！」

「私の与《あずか》り知らぬことだ。連合軍の作戦が功を奏したのではないかな」

「いい加減なことを言うな！　俺たちはまだなにもしちゃいなかった！」

ソーマは荒ぶる衝動のまま腕を薙《な》ぎトレイをぶちまけた。

床に落ちた金属製のトレイが耳障りな音を立てる。辺りに飛び散った料理やソースが、砕かれ引き裂かれた連合軍兵士たちの血肉を思い返させた。

ソーマは、彼らにもコーデリアのように帰りを待っている相手がいたかもしれないことに思い至った。罪の意識がいや増す。叫びだしたくなるのを堪《こら》え、ソーマはヨハネスの氷の瞳を睨み続けた。

息の詰まるような静寂の後、ヨハネスが口を開いた。

「仮に私がペレット以外のなにかをヴィヨン中尉に持たせたとしよう」

ヨハネスは深々とイスの背もたれに身を預け胸を張った。やましいことはないと言わんばかりに、堂々と。

「あの場でそれをどう扱うか決めることができたのは中尉だけだ。選択権は彼にあった。私になにができる」

「あの少尉を盾に脅迫でもしたんだろうが！」

ソーマは後ろ手でコーデリアが飛び出していったドアを指し、声を張り上げた。

「見くびるな、ソーマ。私は誰にも強制はしない。人類が生き残るための道を示し、選択の権利を与えるだけだ。ヴィョン中尉は犠牲《ぎせい》になるタイプだったというだけだ」

強制はしない、選択を与えるだけ。ヨハネスのもの言いは、ソーマの怒りの炎をいっそう燃え上がらせ、わずかに残った自制心も焼き尽くした。

「そうやって母さんにも俺を産ませたのか！」

ヨハネスの口元がわずかに引きつった。

もう止まらない。ソーマは長年胸に溜めていた疑問をヨハネスにぶつけた。

「なぜ母さんが大勢人を喰らうのを黙って見てた！」

その疑問を口に乗せるのは恐怖を伴った。だから訊けなかった。いつか自分も母のようになるのかもしれない。ソーマは自分が生まれた際の事故の真相を知ってから、ずっとその思いに取り憑《つ》かれ、檻《ケージ》の中で震えていた。

「……誰に聞いた」

擦《かす》れた声でヨハネスが問うたが、ソーマは答えなかった。

情操教育だかなんだか知らないが、ほかの子供たちと接するように命じられた七歳の時だ。遊び相手に選ばれた少年の一人が、化け物、母を返せと叫びながらソーマの頭を背後から鉄パイプで殴りつけた。少年はすぐ取り押さえられたがソーマは八針も縫《ぬ》う大怪我《けが》を負った。

少年の母親が事故で亡くなったアイーシャの看護士だったと、手当てをしてくれた看護士たちがヒソヒソと話していた。その時、事故の真相を知った。

現場にいた医師や看護士、科学者たちはソーマの出産中にアラガミ化した母に喰い殺されたのだった。当のアイーシャもオラクル化した肉体を維持することができず、ゲル状の肉塊《にくかい》となって死亡した。

だがアラガミとしての母の血はソーマに受け継がれた。頭の傷は翌日には塞がり看護士たちを気味悪がせた。ソーマはこの時、自分が他人とは違うことを身をもって思い知った。

主治医は事件のことは父には黙っておくようにと口止めした。言えば母のようになってしまうかもしれないと脅《おど》された。責任を問われることを恐れたのだろう。

その少年の姿を見ることは二度と無かったが、ソーマはそれ以来背後の人影に怯えるようになった。

「質問に質問で応えるのは愚者《ぐしゃ》のすることだな……お前の問いに答えよう」

ヨハネスが言った。

「アラガミを滅ぼし人類を守るためだ。お前が必要だった」

胸の奥でなにかがひび割れた。

事実でなくともいい。暗闇でひっそりと、父と母の愛の結果生まれてきたのだろうかと思いを巡らせられる余地が欲しかった。

だがこの男にとって己以外のすべては道具に過ぎない。母さえも。

不覚にも目がかすみ、ソーマはヨハネスに背を向けた。もはやここにいる意味はない。

立ち去ろうとするソーマの背でヨハネスの固い声が跳ね返った。

「お前はすべてのアラガミを滅ぼすために生まれてきた。いいな、あれらをすべて殲滅《せんめつ》しろ」

ヨハネスの言葉には、矛盾《むじゅん》と心なしかわずかな戸惑いの色が含まれていた。

誰にも強制はしないのではなかったのか。なるほど、人でなければかまわないらしい。

極寒の大地で聞いたアラガミから皆を守れという声は温かく感じられたが、同じことを言うこの男のそれは、ソーマの心を暗く冷たく凍らせた。

5　死神　二〇七一年二月

初陣《ういじん》から六年、ソーマは第一部隊の一員としてなんとか生き延びていた。

喰うか喰われるか、アラガミとの死闘の日々はソーマの身も心も鋭利《えいり》なナイフのように研ぎ澄ました。

一八歳になり身体は立派な大人になった。一六〇センチもなかった背は一七七センチに届き、ツバキを一〇センチほど抜いてリンドウにあと五センチに迫った。

リンドウは抜かれそうな勢いを大げさに嘆《なげ》き、それ以上でかくなるなよと事あるごとに念を押した。

その都度リンドウは、「ソーマももう一六かぁ。ほんとでかくなりやがって」と感慨《かんがい》深げに目を細めソーマの歳を数え間違えた。そのたびにソーマは一八だと訂正した。

この頃には引退して教官となったツバキに代わり、リンドウが第一部隊の隊長を務めていた。人事に異論はなかったが、作戦前の大雑把《おおざっぱ》な指示と数字にてきとうな言動がソーマを内心やきもきさせた。

「命令は三つ。死ぬな。死にそうになったら逃げろ。そんで隠れろ。運がよければ不意をついてぶっ殺せ」

出入りが激しい第一部隊に新兵が配属されるたび、リンドウはそう訓示を垂れた。最初のうちはそれじゃ四つだと訂正してやっていたが、面倒になって放っておくとリンドウはそのうち自分で突っ込みを入れるようになった。

「とにかく生き延びろ。それさえ守ればあとは万事どうにでもなる」

それがリンドウの口癖《くちぐせ》だった。

なのにあいつ、自分が言ったことも守らない気か……⁉

廃墟となった旧市街で、撤退する四人の仲間たちの最後尾を走っていたソーマは奥歯を噛《か》み締めた。六年間追い続けてきたリンドウの広い背中は、前を行く第一部隊員たちの中にはない。

アラガミに喰われて欠けたビルとビルの合間に、南西の空から飛来する機影が見えた。傾きかけた冬の午後の日差しを反射して橙色《だいだいいろ》に輝いているのは、救援に来たナイチンゲール一〇四だ。

アナグラから通称『贖罪《しょくざい》の街』と呼ばれるこのエリアまでは二〇キロ程度、ヘリなら四分で着く距離だ。要請を出してから六分あまり。スクランブルから三分以内で離陸したことになる。一〇四のパイロットは相変わらず優秀だった。

ピックアップポイントはすぐそこだが、このままでは奴らに追いつかれる。ソーマは足を止め背後を振り返った。

右足を引き神機《じんき》の剣先を後ろに下げ、脇構《わきがま》えに構える。眼前にはプリティヴィ・マータと呼ばれるアラガミの群れが迫っていた。

冷酷な女神像の顔と黒い野獣の巨軀《きょく》を持つアラガミだ。首元には氷の鬣《たてがみ》を思わせるひれが六枚、扇状に逆立っている。ヴァジュラというトラのようなアラガミから進化した、第二種接触禁忌種《きんきしゅ》だ。

アラガミはその危険度に応じてさまざまに分類されている。第二種接触禁忌種は、世界中の神話に見られる神々の似姿をした非常に強力なアラガミだ。並みのゴッドイーターでは近づくことすら禁忌とされている。それが五匹も群れをなしソーマたちを追っていた。

リンドウは突然錯乱《さくらん》した新兵アリサの誤射により、アラガミと単独で教会の廃墟《はいきょ》に閉じ込められたままだ。相手は恐らくソーマたちを襲った群れの一部だろう。

ソーマが異常に気づいた時には、人間が利用できる唯一《ゆいいつ》の出入り口だった壁面の穴が、天井から崩落した大量の瓦礫《がれき》によって塞《ふさ》がれていた。

天井を撃ったのは援護を命じられたアリサらしい。ソーマはその時、外の警戒を命じられ離れた場所にいた。

アリサはその場にへたり込み、呆然《ぼうぜん》とそんなつもりではなかったと呟《つぶや》いていた。

半月前にロシア支部から転属になったばかりとはいえ、アリサは極東支部二人目の新型神機使いだ。厳しい訓練も受けており初陣《ういじん》というわけでもない。ソーマたちを旧型と呼び侮《あなど》っていたプライドの高い女が、戦闘中にあれほど取り乱すのは尋常《じんじょう》ではなかった。

そこにプリティヴィ・マータの群れが押し寄せてきた。救出しようとするソーマたちに、リンドウは瓦礫の向こうから鋭い声でアリサを連れ撤退するよう命じた。ソーマは退路を開くよう指示された。

普段は飄々《ひょうひょう》とおちゃらけた風を装いながらも、戦闘中のリンドウの指揮はいつも的確だった。このままでは第一部隊の六人全員が死ぬ。

ほんのひと月半前にエリックという隊員がソーマの目の前で喰い殺された後、リンドウはソーマを自室に呼びつけこう言った。

「奴が死んだのはお前のせいじゃない。気にするなとは言わん。自分を責めるのは俺と二人だけの時にしろ」

そしてソーマにぶどう味の缶ジュースを放り、自分は缶ビールの栓を開けた。一気に半分ほども呷《あお》ってから、リンドウは自分に言い聞かせるようにぼそぼそと言った。

「俺たちは一人でも多くの人間を生かすためにやれることをやってるはずだ……犠牲《ぎせい》は少ないに越したこたあない。お前と新型だけでも無事に戻ってきてよかった」

だからソーマはリンドウの命令に従った。六人のゴッドイーターが死ぬのと一人を失うのと、どちらが人類にとって大きな損失か。

だが理屈の檻《おり》が堅牢《けんろう》であればあるほど、無理矢理押し込められた感情はソーマの内心で荒れ狂った。

また見知った人間が死ぬのか？　また女が泣くのか。もうたくさんだ！

「ソーマ！　止まっちゃダメだ！」

背後から新型の声が飛んできた。ひと月半前にアリサに先んじて配属になった新型神機使い、神薙《かんなぎ》ユウだ。

肩越しに振り返ると、自失状態のアリサを担いだユウが一〇メートルほど先で立ち止まっている。アリサは木に引っかかった人形のように、ユウの両肩の上で長い手足を垂れ下げうな垂れていた。ユウの神機は肩掛けできる保護ケースに収められ、アリサの身体の下にくるよう背中に回されている。

一見ヤワそうに見える一七〇センチほどの身体のどこにそんな力があるのか、ユウはアリサと神機を担いでここまで一キロも走ってきていた。だが整った温和そうな顔には、さすがに切羽詰った表情を浮かべている。

「ユウ、ソーマ！　なにしてんの！　早く！」

ユウのやや前方で立ち止まった藤木《ふじき》コウタが、息を切らせ切迫した叫びをあげた。

コウタは両手にアリサと自分の神機ケースを提げていた。加重的にはこいつも相当キツイはずだ。

アリサと同じ一五歳で、コウタもユウと同じ日に入隊してきた新兵だ。身長は一七歳のユウよりさらに低く一六〇数センチほどしかない。ゴッドイーターとはいえ、小柄な身体に腕輪とリンクしていない神機二つはかなりの負担だろう。

これだから新兵は！　殿《しんがり》の役目もわからないのか。

ソーマは前方に視線を戻し声を張り上げた。

「死にてぇのか！　早く行け！」

先頭を走るプリティヴィ・マータが、表情の変わらない不気味な彫像の口を開き飛び掛かってきた。

その口に後方から飛来した火炎弾が着弾し爆発する。サクヤの援護射撃だろう。

弱点部位への弱点属性による正確無比な狙撃だったが、結合崩壊させるまでには至らない。

巨獣はかまわずソーマに突っ込んできた。

ソーマはサイドステップで左に回りこんで突進をかわし、そいつの顔面を神機で斬りつけた。

岩でも叩いたような音が響きイーブルワンの刃が弾き返される。並みのアラガミなら粉砕しているはずの一撃だが、顔に傷を付けただけだった。

ソーマに嚙みつき損ねた傷顔《スカーフェイス》が向きを変え、右の前足を横薙ぎに振ってきた。

ソーマは間一髪後ろに飛び退き、鋼すら容易《たやす》く切り裂く爪をかわした。

「硬ぇ奴だ……」

時間をかければ一匹二匹なら倒せるかもしれないが、群れを相手に渡り合えるとは思えなかった。

「ユウ、コウタ！ ソーマは私が援護するから、先にピックアップポイントへ！」

右手でサクヤが叫び、傷顔の側頭部で立て続けに火花が炸裂した。

サクヤは適合する神機が見つかり、四年前にオペレーターからゴッドイーターに配置転換されていた。それからずっとリンドウを支え、今では衛生兵として第一部隊の副隊長を務めている。狙撃の腕も一流だ。

リンドウの撤退命令に一番逆らったのもサクヤだった。だがこのままでは全員共倒れだとコウタに諭《さと》され、最後は全員を統率して生きて帰れというリンドウの指示に従った。

サクヤがリンドウに幼馴染《おさなな》《じ》み以上の感情を抱いているのは出会った時から知っている。一番つらいはずだ。死なせるわけにはいかない。

傷顔が怒りの咆哮《ほうこう》をあげサクヤに狙いを定める。左からは後続のプリティヴィ・マータたちがすぐそこまで迫っていた。

「目を閉じろ！」

ソーマは腰のポーチから左手でスタングレネードを取り出し声を張り上げた。

掌《てのひら》から少し飛び出るほどの金属筒についたセイフティレバーを握り込み、プルリングを歯で引き抜く。普通の人間なら歯が折れるので、大むかしの映画の真似はするなと指導されるやり方だ。

ピンを吐き捨てるのと同時に顔を背け、サクヤに飛び掛らんと身をたわめた傷顔の足元にアンダースローで放り投げる。

一〇〇万カンデラの閃光《せんこう》と目に見えない偏食場パルスが炸裂し、ひるんだ凶獣たちがのたうち回った。

フェンリル特製のスタングレネードは、ホールドトラップと同じくわずかの間アラガミのオラクル細胞の結合を混乱させ麻痺《まひ》させる。

「今だ、走れ!」

声を張り上げると、光から顔を背けていた仲間たちが全速力で走り出した。

一〇〇メートルほど先の倒壊したビルの間にある広場に、ナイチンゲール一〇四が降下してくるのが見える。

スタングレネードの効果は一〇秒もない。全員を収容し離陸するだけの時間は稼げない。スタングレネードも今ので最後だ。かといってここに残れば、おせっかいな新兵たちがまた立ち止まるだろう。

広場へ続く道の中ほど、右側に広い脇道がある。ソーマたちが走っていたのはむかしの車道の十字路だったようだ。左手は倒れたビルで塞がれている。

ソーマは仲間たちの後を追って走り出した。

「走れ! 行け!」

声をあげながらわざとゆっくり走る。後方で我に返ったプリティヴィ・マータたちが咆《ほ》えた。

ソーマは脇道の前で立ち止まり凶獣たちを振り向いた。

「こっちだ、化け物」

アラガミたちがソーマに気づき追ってくる。ソーマは四車線幅ほどもある脇道に飛び込み速度を上げた。

走りながら背後を見返すと群れの四匹がソーマを追ってきた。一匹ヘリのほうへ向かったらしいが、サクヤが足止めしてくれるのを祈るしかない。

背後で七面鳥の鳴き声を低くしたような声があがる。ソーマは素早く脇へ転がった。

直前まで走っていた空間を切り裂き、数メートルもある氷の槍が何本も通り過ぎていく。プリティヴィ・マータの氷弾だ。

このアラガミは大きく頑健《がんけん》で力強いだけでなく、機敏で冷気をも自在に操る。

近づけば牙や爪で引き裂き巨体で押し潰そうとし、離れても空気中や土中の水分を凝結《ぎょうけつ》させ射出してくる。走るだけでは逃げ切れない。

ソーマは身を起こし、崩れかけたビルの入り口に駆け込んだ。

すぐさま追いついた一匹が、入り口から前肢《まえあし》を突っ込みソーマを捕らえようと爪をがむしゃらに振り回した。

朽ちた鉄筋コンクリートの壁が軋《きし》みひびが走る。頭を突っ込んでくるのも時間の問題だ。天井からコンクリート片がぱらぱらと降ってきた。ビルごと崩されそうな勢いだ。

ソーマは後ずさり、入り口に背を向け階段を駆け上がった。今度は二階の窓の穴から別の一匹が前肢《まえあし》を突っ込んでくる。その肢をかいくぐり三階に上がると、さらに別の一匹が壁を喰い破り顔を突っ込んできた。

プリティヴィ・マータたちはビルの外壁に取り付き、ビルごとソーマを喰らう気だ。狭《せま》い階段では神機も思うように振るえない。ソーマは階段を駆け上がり続けた。

四階を過ぎ屋上に飛び出すのと同時に、丸太のような影が右目の視界の隅から飛んできた。シールドは間に合わない。ソーマは反射的にイーブルワンの幅広の刀身の陰に身を隠した。物凄《ものすご》い衝撃が神機を襲い、ソーマごと四、五メートルも吹き飛ばし屋上に叩きつけた。肺から空気が押し出され苦鳴《くめい》が漏れる。

顔を上げると、ぐらぐらと揺れる視界の中で傷顔がこちらを見下ろしていた。先を読み壁を登って待ち伏せしていたようだ。

「野……郎……」

立ち上がろうと力を込めた膝が、がくりと崩れる。軽い脳震盪《のうしんとう》を起こしたらしい。まずい。傷顔が鮫《さめ》のような鋭い牙を生やした口を開いた。

その時、傷顔の背後のビルの陰からけたたましいローター音とともにヘリが滑るように現れた。

ドアが開いたままのキャビンでユウとコウタが銃型神機を構えている。ソーマは二人がなにをする気か悟り、左手で頭を覆い身を伏せた。

ツバキから受け継いだコウタのアサルト神機と、ユウの新型可変神機のガトリング銃身が火を噴く。傷顔の全身とソーマの周囲で無数の火炎弾が炸裂した。

手負いの傷顔が苦しげな咆哮をあげ前肢を折った。まだ生きている。信じられないタフさだ。

ユウがなにか叫びながら必死にヘリの下を指差している。

ヘリの下にはキャビンからエクストラクションロープが垂らされていた。兵士を吊り下げたまま輸送したり、ホバリングしたまま地上の兵員を撤収させるために使うロープだ。

普通はラペリングハーネスを身につけ、フックをロープの輪に引っ掛けて使う。だがソーマはハーネスなど身に着けていない。ただ掴《つか》んだだけでは手が滑り、とても体重と神機の重さを支えられない。

「どうしろってんだ」

身を起こしふらつく頭を抑え呟くと、ユウが神機を横向け柄を両手で握り、鉄棒にぶら下がるように頭上に掲げた。ソーマはユウの意図を察し舌打ちした。

「サーカスの真似しろってか……」

ナイチンゲール一〇四が旋回しこちらに向かってくる。ロープが屋上の上をソーマめがけ滑ってきた。

ロープが眼前の傷顔の横を過ぎ傷顔が身をもたげた。やるしかない。

ナイチンゲール一〇四が頭上を通り過ぎる。ソーマは遅れて脇を通り過ぎたロープを掴み、ヘリの後を追って屋上を走った。

背後の傷顔が逃がすものかとばかりに咆えた。ほかの三匹も壁を登って次々と屋上に姿を現してくる。

手の中をどんどんロープが滑っていく。ソーマは走りながらロープの末端にある輪に神機の柄を通し、鉄棒に摑まる要領で柄を握った。神機の重さを考慮し、柄頭《つかがしら》側に多く体重がかかるよう目分量で握る位置を測る。屋上の端はもう目の前だ。すぐ後ろに迫った傷顔の気配を感じ、うなじの毛が逆立った。

「どうにでもなりやがれ!」

ソーマは屋上の端を蹴り宙に舞った。一〇四が急上昇し、ソーマの身体を一気に空高く吊り上げる。

空中ブランコの曲芸士のように宙に浮いたソーマの足のすぐ下を、傷顔の爪が通り過ぎていった。ソーマを捕らえ損ねた傷顔は成す術なく隣《となり》のビルの残骸《ざんがい》に落ちていく。

辺りに瓦礫が飛び散り激しい土煙が舞い上がった。やがて土煙の中から傷顔が顔を出し、無表情にこちらを見上げてきた。

窮地《きゅうち》を脱したソーマは大きく息をつき、リンドウが閉じ込められたままの教会を振り返った。

「勝手に死ぬなよ……！」

今引き返しても同じことだ。一匹ずつ群れから引き離して各個撃破するか、ほかの部隊も動員せねばあの群れの中からリンドウは救い出せない。ソーマは振り落とされないよう神機の柄を握る手に力を込めた。


ヘリのキャビンに引き上げられアナグラへ帰投すると、ヘリポートでツバキと医療班が待機していた。着陸するなり、ローターの停止も待たずツバキとストレッチャーを押した医療班の男たちが駆け寄ってくる。

ソーマはキャビンから操縦席に顔を突っ込み、パイロットの肩に手をかけた。

「エンジンの火は落とすな！」

「ああ、わかってる！」

パイロットが親指を立て頷《うなず》いた。

キャビンへ戻るとコウタがドアを開け、アリサを抱きかかえたユウがヘリを降りた。

「外傷は!?」

ツバキがローターの風に煽《あお》られるロングヘアーを押さえながら声を張り上げる。

胸元の大きく開いた白いパンツスーツの教官服は、実戦部隊の指揮官だった頃に比べずいぶん派手な印象だ。以前リンドウに、ちょいと刺激的すぎやしませんかと突っ込まれたツバキは、好きで着ているのではないと嘆息《たんそく》していた。右手の腕輪には黄色と黒のテープで封印が施《ほどこ》されている。引退した神機使いの証《あかし》だ。

「気を失っているだけです！」

ユウが大声で答えると、ツバキは頷き医療班に指示した。

「医務室へ運べ！」

ユウがそっとアリサを寝台に寝かせ、アリサは医療班に運ばれていった。

ソーマはアリサの搬送を横目に、キャビンの座席の下から弾薬ケースを引っ張り出した。蓋を開けスタングレネードやホールドトラップを腰のポーチへ補充する。出入り口を塞いだ瓦礫を吹き飛ばすためのプラスチック爆薬と起爆装置も用意した。

「すぐ戻るぞ。準備しろ！」

アリサを心配そうに見守っていたコウタに声をかける。

「あ、ああ、わかった！」

バレットの補充をはじめたコウタの脇から、サクヤが機外へ飛び出した。

「ツバキさん、防衛班にも緊急出動の要請を！　私たちもすぐリンドウの救出に戻ります！」

「待て！　リンドウの捜索は調査部が行う。第一部隊と一〇四はアナグラで待機だ！」

「待機!?　そんな！」

　ツバキの意外な言葉にサクヤが絶句し、ソーマも思わず立ち上がった。

「正気か!? 接触禁忌種の群れだぞ！　神機使いでもない調査部の奴らになにができる！」

　ソーマが叫ぶと、ツバキが厳しい顔で見上げてきた。

「上層部の命令だ！　全員降りろ！」

　ツバキも命令に納得していないのは、顔を見れば明らかだ。長い付き合いだ、炎のような気性を内に秘めているのは知っている。飛び出して行きたいのはツバキのほうだろう。

　ツバキは一〇四の操縦席のドアを開け、パイロットにも降りるよう促《うなが》した。

「火を落とせ！　命令だ！」

　パイロットが毒づきローターの回転速度が落ちていった。風が収まるのを待ち、ツバキが押し殺したような声で淡々と言った。

「今日のお前たちの任務は、あくまでヴァジュラの討伐だった。作戦は成功した。消耗しているお前たちを、これ以上接触禁忌種と戦わせるわけにはいかない。ゆっくり身体を休めて次の任務に備えろ」

　確かに今日の第一部隊の任務はヴァジュラの討伐だった。だが接触禁忌種の群れがいるなど知らされていなかった。

　極東支部周辺の防衛ラインには、無数の偏食場観測装置が設置されている。あれほどの群れの存在が探知できていなかったのは不可解だ。それだけではない。おかしなことはほかにもあった。

サクヤがツバキに詰め寄った。

「リンドウとアリサは、なぜあそこにいたんですか⁉　同一エリアに二つのチームが別々に派遣される場合、事前に通告があるのが規則じゃないですか！」

サクヤの言うとおりだ。

プリティヴィ・マータの群れに襲われる直前のミッションに派遣されたのは、ソーマ、ユウ、サクヤ、コウタの四名だけだった。リンドウとアリサのチームとは、任務後撤収しようとした際に現地で遭遇《そうぐう》した。

リンドウやアリサもソーマたちが先行していることを知らされていない様子だった。作戦指導に手落ちがあったとしか思えない。

ツバキが苦々しい顔で答えた。

「支部長からの特務だったようだ……特務の内容までは私も知らされていない」

つまり今回のイレギュラーの数々には、ヨハネスが噛んでいるということだ。ソーマたちを捜索に向かわせるなという決定を下したのも父に違いない。

「あの野郎……」

ソーマは神機を手にヘリのキャビンから飛び降り、エレベーターへ向かった。

なにを企んでいるのか知らないが、リンドウの捜索をさせろとヨハネスに直談判するためだ。

四の五の言うようなら、神機で脅《おど》してでも許可を取り付けるつもりだった。

「支部長ならいないぞ」

すれ違いざま、ソーマの内心を見透かしたようにツバキが言った。ソーマはツバキを振り向いた。

「どこへ行きやがったんだ」

「エイジスの視察に向かった。数日は戻らんだろうな」

ツバキが南南東の水平線の彼方《かなた》に視線を向けた。その視線の先、五〇キロの洋上にオレンジ色のドームに覆われた人工島が見える。フェンリルが総力を挙げて建設中のエイジス島だ。

エイジス島は対アラガミ装甲で全天を覆った超巨大なアーコロジーを海上に建設し、生き残った全人類を移住させるというエイジス計画の要だ。世界中に点在するフェンリルのハイブからあぶれた人々をも収容すべく、発案者であるヨハネスの主導でフェンリル設立当初から建設が続けられてきた。

極東支部のプラントで生産されるリソースの多くがエイジス建設に割かれ、配給不足や支部の維持に支障をきたすこともたびたびだ。進捗《しんちょく》は予定から大幅に遅れており、計画の実現性や実効性を危ぶむ声も少なくない。

それでもなお、多くの人々が人類最後の安息の地としてエイジスに一縷《いちる》の望を託していた。コウタも家族のために完成を待ち望んでいる一人だ。

「殻に逃げ込みやがったか」

ソーマは舌打ちした。エイジスにはゴッドイーターといえども許可がなければ立ち入ることが許されない。

かつてエイジス計画に反対するカルト教団によるテロがあり、エイジスへの立ち入りや情報開示は厳重に管理されることとなった。

だが極東支部の一部では、秘密主義の支部長の自作自演を疑う声も囁《ささや》かれていた。六年前のソーンツァ作戦以降、ソーマもその説を支持する一人になった。

ツバキがエイジスからソーマに視線を戻し、静かな声で言った。

「お前たちの気持ちはよくわかる。姉として礼も言おう。だが今は調査部に任せて大人しく休め。防衛班は動かせない。お前たちだけで報告のあった接触禁忌種の群れに対処するのは不可能だ」

「そんなことは言われなくてもわかってる。あの野郎の命令でほかが動けないってんなら、俺一人でも好きにやらせてもらうだけだ」

ヘリが使えないなら装甲車でもハンヴィーでも転がして行けばいい。一度に五匹の相手はできなくとも、なんとか一匹ずつ誘い出すことができれば……できない時は自分も死ぬだけだ。

それでもユウたち第一部隊の四人は残る。

ツバキがため息をつき頭を振った。

「ソーマ……私にもう一人弟を失えと言うのか？」

「なに？」

ソーマはツバキの言葉に戸惑《とまど》い目を見張った。ツバキは子供の頭を撫でてでもするかのように、豊かな胸の前に手をかざした。

「お前がこのくらいの頃から一緒に戦ってきたんだ。私にとってはお前も弟のようなものだ。無駄死にはするな」

ツバキの潤《うる》んだ目を見て、ソーマはそれ以上なにも言えなくなった。コーデリアやエリックの妹、今まで戦死してきた仲間たちの家族や恋人が見せた顔が脳裏を過ぎる。

――みんなをアラガミから守ってあげて――

この六年、父の冷徹な命令ではなく、地上に咲いた太陽の中で聞いた声に従い戦ってきた。

だが、守れない。

――死神――

――あいつと組むのだけはごめんだ――

ソーマが通り過ぎるたび、遠巻きにそう囁き合っていたほかの部隊のゴッドイーターたちの声が耳の奥で木霊《こだま》した。

どれだけ危険な任務でも、P七三偏食因子のもたらす異能のためにソーマだけは生き残ってきた。そんなソーマを見て、いつしか第一部隊以外のゴッドイーターたちは、ソーマを死神と呼び忌み嫌うようになっていた。

無理もない。アラガミから人々を守るために生まれてきたはずの自分だけが、いつもおめおめ生き残る。

核融合炉で聞いた光の声は、ソーマが世界に福音をもたらすとも言っていた。だが自分の周りで起きるのは死と不幸だけだ。

もっとも優れたゴッドイーター？　笑わせるな。仲間もろくに守れない、出来損《できそこ》ないの化け物ではないか。

「……クソッたれ！」

ソーマはヘリポートの上に差した己の影に、力いっぱい神機の刃を突き立てた。


接触禁忌種の群れは、翌日にはリンドウが孤立した教会周辺のエリアから姿を消した。早速調査部により壁の開口部を塞いでいた瓦礫が撤去されたが、教会の中にリンドウの姿はなかったとのことだった。

死体はおろか神機も腕輪も消えており、腕輪の位置を示すビーコンと所有者の生体信号《バイタルサイン》も確認できなかったという。ノルンのデータベースにアップロードされた捜索記録によれば、確認されたのはリンドウのＤＮＡと一致する大量の血痕《けっこん》だけだった。万が一、生存していたとしてもかなりの深手を負っているということだ。

それでもソーマたち第一部隊の面々は、わずかな生存の可能性に縋《すが》りリンドウの無事を祈り続けた。

教会の壁の高所に、アラガミしか出入りできないような大きな穴が開いていたからだ。リンドウがどうにかしてその穴から脱出したのだとすれば、なにも見つからなかったとしても不思議はない。

だがリンドウが消えたもっとも納得のいく説明がなんであるかは、心の底ではわかっていた。

そして一週間が過ぎ、リンドウの捜索は打ち切られた。ツバキが直々に第一部隊の面々を呼び出し、リンドウが除隊扱いとなったことを告げた。異例の早さだ。

神機使いが任務中行方不明になった場合、神機が発見されるか完全に喪失が認められるまで、かなりの長期に亘り捜索が続けられるのが慣例だった。神機使い本人よりも神機のほうが貴重なためだ。

神機惜しさに捜索が続けられるものだと思っていたサクヤが取り乱し抗議した。ツバキの返答は、接触禁忌種の活動が活性化している状況でこれ以上人手を割く余裕はないとのものだった。

姉と恋人、立場は違えどリンドウを愛する女たちが言い争う姿を見るのはつらかった。そうさせているのは支部長室でふんぞり返っているあの男だ。ソーマは生まれてはじめて、呼ばれもしないのにヨハネスの執務室を訪れた。

インターフォンでぞんざいに訪問を告げると、ヨハネスが直々に応対しドアを開いた。

コーデリアが六年前の作戦後すぐに退職してから、ヨハネスは副官をそばに置かなくなっていた。フェンリルを去ったコーデリアがどこへ行ったのか、ソーマには知る由もなかった。

「雨宮《あまみや》リンドウ大尉の件か。そうだな」

執務《しつむ》イスに深く腰掛けたままのヨハネスは、ソーマの顔を見るなりリンドウの階級を二階級上で呼んだ。二階級特進。部下を死なせた無能な上官が、むかしから振りかざしてきた免罪符だ。

ソーマは怒りを噛み殺し声を絞り出した。

「わかってるなら捜索を続けさせろ。あいつはあれくらいで死ぬようなタマじゃねぇ」

ただの願望だったが、彼が今までどれほど人類に貢献《こうけん》してきたかを思えば、サクヤとツバキの諦めがつくまで捜索を続けてもバチは当たらないはずだ。

「できん相談だ。いつまでもわずかな可能性とやらに縋《すが》って、少ない人員を拘束しておくわけにはいかない」

なんの痛痒《つうよう》も感じていないようなヨハネスの声音に、ソーマは語気を強めた。

「元はといえば、てめぇの特務とやらのせいだろうが。接触禁忌種の群れがいたことは知ってたはずだ。なぜ俺たちに黙ってた」

「確かに第二種接触禁忌種の存在は把握《はあく》していた。だが数までは把握できていなかった……と言えば信じるか？　非常に特異な偏食場発生源のため、観測装置に異常が起きた」

ソーマは眉根を寄せた。特異な偏食場発生源という言葉に思い当たる節があった。

「まさか、リンドウにも俺と同じものを捜させていたのか」

「そうだ。彼にもお前と同じく『特異点』を捜し持ち帰るよう命じた。お前一人では、ままならんようだったのでな」

特異点。終末捕喰《ほしょく》を引き起こす鍵《かぎ》となるアラガミのコアをヨハネスはそう呼んでいた。

終末捕喰とは、互いに捕喰を続け地球を飲み込むほどにまで成長した究極のアラガミ、ノヴァによってもたらされるという世界の終末だ。終末捕喰が起きれば、人類はおろか地球上に残ったすべての生命は死に絶える。

フェンリル本部は科学的根拠のないただの風説だとして公式にこれを否定している。だが、エイジスでテロを起こしたという終末捕喰を信じるカルト教団が集団自殺を図ったことで広く知られるようになり、未だに実《まこと》しやかにその到来が囁《ささや》かれていた。

ヨハネスも終末捕喰は起こり得ると考えているようだ。かねてよりソーマに単独での特務を命じ、執拗《しつよう》に特異点の行方を追っていた。

しかし誰も見たことがない姿形もわからぬアラガミの捜索は難航し、ソーマは目立った成果を上げることができずにいた。たびたび誰もいないはずの荒野や廃墟で人の気配を感じはしたが、捜しているのはアラガミだ。気のせいだろう。

ヨハネスが立ち上がり、壁に掛けられたカルネアデスの板の絵に歩み寄った。

「……人類の未来のために、特異点はどうしても押さえなければならない存在だ。雨宮大尉は優秀な男だったが残念だ。おかげでまた、特務を任せられる者を選任しなければならなくなった」

ソーマは目を剝《む》いた。

「なんだと……起こるかどうかもわからない世迷言《よまいごと》のために、いったい何人殺せば気が済む！」

「終末捕喰は起こるのだ！」

珍しく声を荒らげヨハネスが振り向いた。顎に手を当て一呼吸置き、探るような視線をソーマに向けてくる。

「新型の神薙上等兵の仕事ぶりはどうだ？ 優秀だと聞いているが」

人の良さそうなユウの顔が脳裏に浮かんだ。ソーマは動揺し、絡みつくヨハネスの視線を振り払うように腕を振った。

「やめろ！ あいつはまだ新兵に毛が生えたようなひよっ子だ。手を出すな！」

半分は嘘だ。リンドウが行方不明となった日の任務で、ヴァジュラを倒したのはユウだった。ユウはアリサを担いでプリティヴィ・マータの群れから逃げ、ソーマの命も救った。それ以前にも、グボロ・グボロやシユウといった手強いアラガミを一人で仕留めている。配属されてから一カ月半足らずでここまでやれる奴は見たことがなかった。リンドウやツバキも、むかしのソーマを見ているようだと舌を巻いていた。

自分は人を率いるような器ではない。人当たりが良く仲間思いのユウならば、いずれリンドウの代わりを務めることができるだろう。だからこそ、いかがわしい特務とやらでヨハネスの使い捨てにさせるわけにはいかない。

だが下手な嘘は容易《たやす》く見破られたようだ。ヨハネスは目を細め顎を上向けた。

「ならば特異点の発見に全力を傾けろ。お前が特異点を見つけさえすれば、これ以上特務で戦死者を出さずに済む」

ソーマの耳の奥で、ギリッと奥歯が鳴る音が響いた。

「そんなに欲しけりゃ、なぜ極東を挙げて捜索しねぇ。コソコソしやがって」

終末捕喰の到来を信じ、それを避けようと本気で考えているならば、リンドウやソーマだけに頼らず極東支部を挙げて大々的に捜索すればいい。そうしないのは、フェンリル本部とつながるノルンのミッションデータベースに載せたくない別の思惑があるように思えてならなかった。

ヨハネスは眉一筋動かさず即答した。

「本部は終末捕喰を信じていない。事を荒立てればいらぬ波風を起こし、社会にもパニックを招くだけだ。それゆえ特異点の存在を極東部外秘とした。最高機密だ、信頼に足る者にしか任せられん」

「信頼だと？　抜け抜けと……」

一番信用できない男がそれを言うのか。

筋の通った説明だが、この男の言葉はなにも信用できない。ソーマの本能がそう告げていた。どんな美辞麗句《びじれいく》を並べ立てられようが神経を逆撫でされるだけだ。

「これだけは断言しよう」

ヨハネスがイスに戻り深々と腰を下ろした。

「私は己のためにこのイスに座り、お前たちに犠牲を強いているのではない。私が間違っていると思うのなら、いつでも神機でこの首を刎《は》ねるがいい」

互いを射るような視線が交錯《こうさく》し、空気が凍りついた。

刻が止まったような長い沈黙の末、ようやく自分の口から出た擦《かす》れ声をソーマは遙か遠くに聞いた気がした。

「……その言葉、忘れんなよ」

「無論だ。息子よ」

呪われた親子は、己の言葉を噛み締めるように互いを睨み続けた。

6　特異点 二〇七一年二月末

「やあ、呼び出してすまなかったね」

榊《さかき》が四台のモニターに囲まれた赤いイスから立ち上がり、ラボを訪れたソーマを出迎えた。

イスの前に机はなく、二台の大きなモニターは床から伸びたポールで固定されている。その大型モニターの背後から小型のサブモニターがモニターアームで連結されていた。イスの背後の壁には、うず高く詰まれたスーパーコンピューターやハードディスクに挟《はさ》まれるようにして掛け軸が掛けてあった。

榊を取り囲むハイテク機材とは場違いな品々はほかにもあった。部屋の両脇の棚の上には、かつてこの地にあった文化を偲《しの》ばせる金屛風《きんびようぶ》や漆塗《うるしぬ》りの重箱、日本刀や額装《がくそう》された水墨画《すいぼくが》などが飾られていた。

入り口の左右には壁沿いにソファとローテブルが置いてあり、部屋の奥の両隅には重厚な赤い鉄扉《てつぴ》が二つある。扉には黄色いバイオハザードマークが記されていた。オラクル技術研究の管理区域であることを示す警告だ。

「今度はなんの用だ」

ソーマが不機嫌を隠さずぶっきらぼうに尋《たず》ねると、榊は懐《ふところ》から小さな黒いディスクを取り出した。

「まだこの中身を見てくれる気にはならないかな？」

またその話か。榊の手の中のディスクには、十九年前の会議の模様が記録されているらしい。父ヨハネスと母アイーシャ、それに榊の間で交わされた、マーナガルム計画に関する会議だ。ソーマの誕生がどのようにして決められたかを知ることができる記録映像が、あの黒い板の中に納められている。

ただでさえ悪夢にうなされているというのに、今さらそんなことを知ったところでなにが変わるというのか。

リンドウの一件でヨハネスと対峙《たいじ》してからというもの、幼少時の忌《い》まわしい記憶や知るはずのない両親のやり取りがごちゃ混ぜになった悪夢がソーマを苦しめていた。

悪夢の中のヨハネスの声は、出産間際の母を気遣っているようだった。今までソーマが耳にしたことのない、思いやりに満ちた温かい声だった。まだ母の胎内にいたはずなのに、そんな声を聞き覚えているはずがない。

その夢を見た後は、決まって不快な汗にまみれて目を覚ます。そんなものを現実でまで見たくはなかった。ソーマは無言で榊に背を向けた。

「いや、待ってくれ！　すまなかった！　本題は別なんだ」

榊の慌てふためく声が背中にぶつかる。ソーマは肩越しに榊を睨みつけた。

「だったら最初からそう言いやがれ」

「君がヨハンとアイーシャのことを誤解しているんじゃないかと思ってね。彼らは……」

「くどいぞ！」

ソーマは一喝《いっかつ》し榊の言葉を遮《さえぎ》った。

「ユウにそいつの中身を見せただろう。余計なことしやがって……」

ユウは先日リンドウの跡を継ぎ第一部隊の隊長となった。それから間もなく、ユウは榊が支部長室の前に落としたディスクを拾い中身を見たらしい。神妙な顔でソーマにそのことを詫《わ》びてきた。

自分ですら知らないことを他人が知っているのはいい気分ではなかったが、見せたのは榊だ。ユウが詫びる筋合いの話ではない。

だいたいそんなディスクを普段から持ち歩き、わざわざヨハネスの部屋の前で落とすわけがない。榊はわざとユウが中身を見るよう仕向けたに違いない。

以前からソーマが断ってきたため、ユウを介して搦《から》め手で攻めようとでもしたのだろう。榊はなんとかしてソーマにディスクを見せたいようだが、やり方が気に入らなかった。

「ああ、まさかこんな大事なものをあんなところで落とすとは……不覚だったよ。拾ってくれたのがユウ君で、実によかった。彼は信用できる。これから君たち二人に特異点についていろいろ頼むことになると思うけど、よろしく頼むよ」

「いけしゃあしゃあと、よく言うぜ」

ソーマは吐き捨てたが、榊が特異点のことを口にしたので部屋を出て行くのはやめにした。今榊と関係を断つのは得策ではない。

ソーマはリンドウの一件後も、敢《あ》えてヨハネスの特務を受け特異点の捜索を続けていた。ヨハネスがなにを企んでいるのか本心を探るためだ。

そんな折、榊も内々に特異点の捜索をソーマに依頼してきた。研究のためだと言ったが、実際はヨハネスに対抗してのことだろう。二人の目的が一致しているのなら、わざわざ内密に特異点を捜し自分に引き渡して欲しいなどとは言わないはずだ。榊はヨハネスがなにを考えているのか知っており、それとは違う考えを持っているに違いない。

だがソーマが父の企みについて尋ねても明言を避け、代わりにあのディスクを押し付けようとしてきた。

ソーマが知りたいのは過ぎ去った忌《い》まわしい過去ではない。あの父がいったいなにを考え、なにをしようとしているかだ。それを知るためには、今しばらく榊のゲームに付き合う必要がありそうだった。

「本題ってのはなんなんだ。疲れてるんだ、早くしろ」

ここ数日、単独で装甲車を駆り野営を続け、特異点捜しに明け暮れていた。補給のために先ほどアナグラに戻ってきたばかりだ。結果はいつもどおりだったが、ヨハネスは急な出張とやらで欧州に飛んでいる。不愉快な嫌味を言われることはない。

榊がモニターを回りこみソーマの前にやってきた。

「お疲れのところ申し訳ないが、『鎮魂《ちんこん》の廃寺《はいでら》』まで君に護衛をお願いしたいんだよ」

鎮魂の廃寺は贖罪《しょくざい》の街と同じく極東支部を囲む防衛ラインの通称だ。中世の武家政権の政治中枢が置かれていた地域で、古い寺社仏閣の廃墟が比較的原型を留めたまま密集している。アラガミに捕喰《ほしょく》された痕跡《こんせき》よりも、手入れされなくなったために朽ちた建物が目立つうら寂れた場所だ。リンドウ、ツバキ、サクヤはその周辺の出身だった。

ほかの地域に比べアラガミが土地に与えた被害が少ないのは、古来から人間が自然を尊び神々を祀《まつ》ってきた神聖な場所だからかもしれない。

「護衛？　いったい誰をあんな所へ連れてけってんだ」

ソーマがいぶかしむと榊は胸を張った。

「私だよ！」

「あんたを……？　あそこになんの用だ」

榊はフェンリルの頭脳だ。滅多《めった》なことで装甲壁の外に出ることは許されていない。研究素材もゴッドイーターや調査部に回収させるのが常だ。それが直々に出向くと言う。よほどのことがあるのだろう。

「行けばわかるさ。是非とも君に一緒に行って欲しいんだ。損はしないと思うよ」

クソ親父といい榊といい、なぜこうももったいぶるのか。ソーマは舌打ちした。

「死んでも知らねぇぞ」

「君が一緒なら大丈夫さ。それに、以前に比べ危険は少ないはずなんだ。そうなるようユウ君たちに働いてもらったからね」

ユウたちも巻き込んでなにやら企んでいるようだ。ヨハネスほどの冷徹さは感じないとはいえ、榊もなにを考えているかわからないという点では父と同じだ。気を許さないに越したことはない。

「なんだか知らないが、じゃあ行くぞ」

ソーマが背を向けると榊が肩を摑《つか》み呼び止めた。

「待ってくれ、私がアナグラを出るところを誰かに見られるのはまずい」

「ああ？　じゃあどうしろってんだ」

謎かけのようなやり取りばかりでいらいらし、ソーマは榊の手を振り払った。アナグラ中を職員が行き来している。誰にも見咎《みとが》められずに榊を連れ出すなど不可能だ。

「この日のために準備してきたものがあるんだ。こっちに来てくれないか」

榊が部屋の奥の右手のドアへ向かう。後について行き倉庫のような部屋に入ると、大きなオラクル規格の密閉式コンテナが置いてあった。

長さ一二〇センチ、高さと幅は七〇センチくらいだろうか。膝《ひざ》をつきうずくまれば大人一人は入れそうな大きさだ。

「なんだこりゃ。おい、まさか……」

「そう！　このコンテナに私が隠れるから、装甲車まで運んでくれたまえ！　偏食因子を練りこんだカーボン製だから、見た目よりずっと軽くて丈夫だよ。キャスターも付いてる親切設計だ」

「運べって、息はどうすんだ。窒息《ちっそく》するだろ」

「心配は無用だよ」

榊はコンテナのロックを外し蓋《ふた》を開け、中からスクーバダイビングで使うレギュレーターのセカンドステージのような器材を取り出した。パージボタンの裏にマウスピースが付いており、下のバルブからV字型に小さなボンベが二つ後ろに伸びている。マウスピースを咥《くわ》えると、このボンベが顔の両側にくる形状だ。

「このボンベひとつの容量は二〇〇CCだ。二〇〇気圧で空気が充塡《じゅうてん》してある。二つで空気何リットルになるかな」

「八〇リットルだろ」

「そう！　八〇リットルだ。ソーマは賢いね」

「馬鹿にしてんのか」

「じゃあ人間が一気圧下で一分間に消費する空気量はどれくらいか知ってるかい」

「そんなの体格や運動量でまちまちだろうが」

「成人男性の平均的体格、安静時でいいよ」

「七、八リットルってとこじゃねぇのか」

「正解だ！　およそ七・五リットルだよ。つまりこの装置で平均的な男性なら一〇分四〇秒呼吸できる。それだけあれば、このラボから格納庫まで行けるはずだ」

確かにそれだけあれば、アナグラの地下八〇〇メートルにあるここから一階の装甲車格納庫まで十分たどり着けるだろう。途中でなにかない限りは。

「じゃあよろしく頼んだよ！」

榊はうきうきした様子でコンテナに入り込んだ。

「いいね！　子供に戻ったようだ。実にわくわくしてきたよ」

そう言いレギュレーターを咥え、コンテナの中にうずくまった。

「ふがをふめてふれたまへ」

蓋を閉めろと言っているようだ。

「ったく、なんで俺が……」

ソーマは馬鹿馬鹿しいと思いながら、榊の入ったコンテナの蓋を閉めた。

コンテナを押して通路を進む間、すれ違った研究部門の職員たちは怪訝《けげん》な顔をしたが誰も呼び止めはしなかった。

支部長の息子で半分アラガミの死神が、あからさまな仏頂面で前かがみにコンテナを押していれば、声をかけてくる物好きなどいない。

ひょっとしたら榊は、廃寺までの護衛より誰にも詮索《せんさく》されずにアナグラを出るために嫌われ者のソーマを呼び出したのかもしれない。そう思うとますます腹が立ってきた。ソーマはコンテナを勢いよく押して、行き止まりにあるエレベーターのドアに追突させた。

「ふご!?」

中からくぐもった悲鳴が聞こえる。

「保安部の連中だ。静かにしてろ」

エレベーターのボタンを押しながら身をかがめ、緊迫した声音で注意を促《うなが》す。中から外の様子などわかりはしない。箱の中身は沈黙した。必死に息を殺しているのだろう。

エレベーターが着きドアが開いた。乱暴にコンテナを押してかごに押し込む。あちこちの壁にぶつかるたび、中から短い苦鳴《くめい》が上がった。

「ああ、なんでもない。気にするな」

周りには誰もいないのに、ソーマはあたかも誰かと話しているかのように装った。あまりやり過ぎると榊の心拍数が上がり酸素の消耗が激しくなるが、これくらいのささやかな復讐《ふくしゅう》は許されてもいいはずだ。ソーマはほくそ笑んだ。

地上一階のボタンを押すとエレベーターが高速で上昇し始めた。この分なら十分時間内に格納庫に着きそうだ。

地下三〇〇メートルの居住区でエレベーターが止まった。扉が開くと第三部隊のカレル、シュン、ジーナがぎょっとしたように目を見開いた。ソーマと見慣れぬ大きな箱の取り合わせに驚いたようだ。

三人ともドアの外でじろじろコンテナとソーマを見比べている。ソーマはなにも言わずコンテナの横に立っていた。

三〇秒ほどどするとそのままドアが閉まり、ソーマは長い息を吐いた。面倒臭い連中が乗ってこなくてよかった。

そう思った矢先、再びドアが開いた。シュンがドアの外にあるボタンを押したままの姿勢で、帽子のつばの奥からじっとソーマを見上げてくる。

「なんだそれは」

シュンの横のカレルがぞんざいに尋《たず》ねてきた。なんだと言われても。

「……見りゃわかんだろ。コンテナだ」

「中身を訊いてる」

カレルがいらだったように髪をかき上げ、シュンが口の端を吊り上げた。

「へっ、死体でも詰まってんじゃねーのか?」

死神に棺桶《かんおけ》、笑えない冗談だ。ソーマは左腕のクロノグラフに目を落とした。まだ生きてるが、お前がそうしている間に本当に死体になってしまうかもしれない、とは言えなかった。

「乗らねぇなら手を離せ」

そう応えるとシュンがボタンから手を離した。ホッとしたのも束の間、閉まりかけたドアをジーナが押さえた。

「なにが入ってても私たちには関係ないわ。出動まで時間がないのよ、行きましょう」

そう言って乗り込んできた。カレルとシュンも顔を見合わせ渋々乗り込んでくる。

「地獄行きでないことを祈るぜ」

カレルが聞こえよがしに嫌味を言った。

結局乗るのか……仕方なくソーマは脇へ詰めた。ドアが閉まりかごの中が一気に手狭《てぜま》になる。

「ったく、人の迷惑考えろよなぁ。邪魔《じゃま》くせぇ」

シュンが踵《かかと》でコンテナを蹴飛ばした。中から「ぶもっ」とくぐもった声があがり、ソーマは肝を冷やした。

「なんだ？」

カレルとシュンが顔を見合わせる。まずい。

二人はソーマではなくジーナを見た。榊の頭はちょうど彼女の腰の下のコンテナの中にある。

「おい……」

「まじかよ……」

カレルが呟きシュンが鼻をつまんだ。

二人はジーナにじろじろと非難の目を投げかける。当のジーナは考えごとでもしているのか、薄目でなにか呟くように口元を動かしていた。

視線に気づいたのか、ジーナが目を開きカレルとシュンの顔を見比べた。

「なに?」

シュンが同意を求めるようにカレルの顔を見やる。

「なにって……なぁ」

「狙撃のイメージトレーニング中なの。用がないなら放っておいて」

ジーナはそう言い放ち、再び薄目になってぶつぶつと独り言を呟きはじめた。

「そうよ、じっとしてなさい……いい子ね……一瞬で終わるわ……そう……いくわよ」

今度は「バシュッ!」と明らかにガスが漏れる音がジーナの腰の下から聞こえてきて、ソーマは飛び上がりそうになった。

榊がレギュレーターのパージボタンを誤って押したに違いない。

パージボタンを押すと、レギュレーターの中に詰まった異物や水を吐き出すために空気が勢いよく噴き出される。

「いいかげんにしろ!　密室だぞ」

カレルが語気を強めジーナを睨んだ。シュンはこれみよがしに鼻をつまみ、扇《あお》ぐように手を振っている。

「さっきからなんなの？　言いたいことがあるならはっきり言って」

ジーナも負けじとカレルを睨み返した。どうやらイメージトレーニングに夢中で音が聞こえていなかったようだ。

「音だ、音。少しは恥じらいを持て」

「音？　私は頭の中でサプレッサーから漏れる発射音しか聞いてない」

サプレッサーは、銃の発射音とマズルフラッシュを軽減するために銃口に装着する装置だ。消音器《サプレッサー》…

これを装着した際の発射音は、確かに先ほどのガスが漏れたような音に聞こえる。

ジーナの中では、榊が漏らした空気の音と発砲のタイミングが絶妙にシンクロしたようだ。

だがカレルは往生際の悪い言い逃れと受け取ったらしい。

「それは洒落《しゃれ》のつもりか……洒落になってないぞ！」

「あなたなにか聞いた？」

ジーナが怪訝《けげん》な顔をソーマに向けてきた。確かに聞いたし音の正体もわかっているが……。

「あー……すまん。い、今のは俺の腹だ。しばらくまともなもん喰ってなかったんでな……」

ソーマはしどろもどろに答えた。これ以上騒がれて蓋を開けろと言われるのも困るし、彼女に濡れ衣を着せておくのも気の毒だ。だがこんな下手な嘘で切り抜けられるだろうか。

「ですって」

ジーナは顎を上向け、そら見たことかと言わんばかりの顔でカレルとシュンを見下ろすと、再び薄目になって妄想の世界に帰っていった。

カレルも諦めたのか口と鼻を手で覆うと前に向き直った。

シュンがソーマを振り返りぼそっと言った。

「お前、意外といい奴だな」

頼む、早く着いてくれ……ソーマはシュンたちから目を逸らし、エレベーターのランプを見上げながら口元を引きつらせた。


なんとか榊をアナグラから連れ出し、鎮魂の廃寺に着いたのはすっかり日が落ちてからだった。辺りには雪が薄く積もっていた。

遠くにエイジスが見える崖の上で、ユウ、アリサ、コウタ、サクヤがシユウの死体を取り囲んでいた。

装甲車の中で、榊が通常任務に偽装しヴァジュラとシユウの討伐をユウたちに命じたのは聞いていた。ユウたちはその片割れからコアを摘出《てきしゅつ》しようとしていたところだった。

だが榊は、滅多なことではアナグラの外に出ない榊の登場に驚くユウたちに、コアの摘出をやめ身を隠すよう命じた。

いぶかしみながらソーマたちが従うと、不思議な白い少女が現れた。

雪のような白いショートカットの髪に抜けるような青白い肌。なぜかボロボロのフェンリルの旗をポンチョのように身にまとっていた。ほかにはなにも身につけていない。雪が降っているのに足も素足のままだった。年齢はソーマたちとそう変わらないように見える。

白い少女はシユウの骸《むくろ》に飛び乗り屈み込んだ。ユウやアリサたちは不思議そうに顔を見合わせたが、ソーマには少女がなにをしているのかわかった。

喰っているのだ。

アラガミを。

ソーマは少女がなに者かを悟った。捜し求めていた特異点を持ったアラガミに違いない。榊が自ら出向いてまでこの場に居合わせることを望むくらいだ。ただの少女のはずがなかった。

しかしアラガミが近くにいる時いつも感じていた不快感はなかった。ソーマは戸惑った。

特異点は終末捕喰の鍵となるアラガミだとさんざん聞かされてきた。どれほど巨大で醜悪《しゅうあく》な化け物なのだろうと想像していた。だが少女はどう見ても人間だ。目の前の光景が現実なのか夢なのか確かめるため、ソーマは少女に駆け寄った。

後に続いてきたユウたちと取り囲むと、少女はシユウの血で赤く染まった口元を拭い、たどたどしく「オナカスイタ」と言った。

説明を求めると、榊は少女を誘き寄せるためにこの界隈《かいわい》のアラガミを根絶やしにしてみたのだと言った。そのためにユウたちに偽装ミッションを行わせていたらしい。悪知恵だけは一流だ。

未だ状況がよく飲み込めていないコウタが、少女がなに者なのか尋ねた。榊はその場での明言を避け、ラボで話すと少女にも同行を求めた。

「ずっとおあずけにしていてすまなかった。君も一緒に来てくれるね」

「イタダキマス！」

少女が榊の申し出に元気に頷く。ソーマは榊に歩み寄り耳打ちした。

「本気か⁉ アナグラにはそこらじゅうに偏食場レーダーがあるんだぞ。アラガミを連れて帰ったりしたら一発でばれるだろうが。出張中だろうがクソ親父に感づかれるぞ」

榊もソーマの耳に口を寄せ囁いた。

「心配要らないよ。あのコンテナは偏食場を遮断する素材で作ってある。あの娘《こ》を匿《かくま》う部屋もね。君たちが喋《しゃべ》らなければヨハンにもばれないはずだ。灯台下暗しって言うだろ。特異点がアナグラにいるなんて、さすがのヨハンも思いもつかないはずさ」

匿う⁉ 世界を滅ぼすかもしれないアラガミを？

ソーマははじめて榊に底知れなさを感じ、まじまじとにこやかなキツネ顔を見つめた。

「あんた、いったいなに企んでんだ……」

「人類の未来のためになることさ」

返事はヨハネスと同じだ。

「そこ、コソコソなにしてるんです?」

アリサが不満げに言った。

リンドウの一件後、原因を作ったアリサは錯乱《さくらん》し昏睡《こんすい》状態に陥っていたが、ユウが彼女を目覚めさせ立ち直らせていた。新型同士の間で起こる感応現象で、ユウはアリサが抱えていたトラウマを見抜くことができたらしい。

ユウから聞いた話では、彼女の両親はヴァジュラの変異種に喰い殺されていた。アリサは両親の仇《かたき》をとるために、主治医のカウンセリングを受けながらゴッドイーターとなったようだ。

だが彼女の中で、いつの間にか仇のアラガミがリンドウに摩《す》り替《か》わっていたのだという。

きな臭い話だ。アリサは極東支部に来るまで一度もリンドウと面識がない。ユウはアリサがマインドコントロールされていたのではないかと疑っていた。

しかし問題の主治医は、ユウが第一部隊の隊長に任命される直前、極東支部からほかの支部へ転属となりアラガミに襲われ戦死したとされていた。

榊がアリサたちに向き直りわざとらしい大声をあげた。

「ああ、ごめんごめん! ソーマから人生相談を受けていてね。いやぁ、初恋の悩み、誰もが通る道だねぇ」

「えぇ!? ソーマが!?」

「マジで!?」

アリサとコウタが大げさに驚いた。ソーマもだ。いったいなにを言いだすのだこのおっさんは。

「ふ、ふざけるな! だ、誰がそんな……」

「話を合わせてくれ。今はこの娘をアナグラに連れて帰るのが先決だ。ここで彼女がアラガミだって知られたら、反対されるかもしれない」

榊が再びソーマの耳元で囁《ささや》いた。アラガミの少女が首を傾《かし》げる。

「ハツ……コイ? ゴハン?」

榊が笑った。

「食べ物じゃないけど、甘いとか苦いとかよく味には喩《たと》えられるね。そうだ、今度初恋フレーバーのジュースでも作ってみようか! ねぇソーマ」

「し、知るか!」

「あまいゴハン!」

ソーマが声を荒らげると、アラガミの少女が嬉しそうに言った。

特異点が人の形をしていたというだけで頭がどうにかなりそうなのに、初恋だのジュースだの場違いにもほどがある。付き合っていられない。

ソーマは境内の階段を下って装甲車に向かった。榊やユウ、アラガミの少女たちも後からぞろぞろ付いて来る。

「なあなあ、相手は誰なんだよソーマ。オペレーターのヒバリさん？　カノンさんに誤射されんのが癖になっちゃったとか？　それとも、黙々と神機《じんき》を整備してくれるリッカさんにキュンときたとか？　まさかツバキ教官じゃないよな」

コウタが片《かた》っ端《ぱし》から女性職員の名を挙げ尋《たず》ねてくる。

「うるさい、黙れ！」

「私って言われても困るんですけど」

アリサがずうずうしく断りを入れてきた。

「自惚《うぬぼ》れるな！」

まったく、なぜこんなことになったのか……。

寺の境内を抜けるとソーマの乗ってきた装甲車が見えた。その脇にはユウたちの装甲車も止めてある。ソーマは自分の装甲車に歩み寄り、乱暴に兵員室の後部ハッチを開けた。

ヨハネスが狙っている以上、少女をこのまま野放しにしておくわけにはいかない。榊のやり方は本当に気に入らないが、言うとおり少女の身柄を確保しておく必要はありそうだ。

「なんだこれ」

兵員室の中の大きなコンテナを見てコウタが首を傾げた。榊がコウタの前に割って入る。

「さぁさぁ、コウタ君とユウ君たちは自分たちの車輌へ。主賓《しゅひん》の彼女はこちらへどうぞ。おいしいおやつがあるからね」

榊は兵員室によじ登りアラガミの少女を手招いた。

「イタダキマス！」

少女が軽々と兵員室に飛び乗る。フェンリルの車輌やヘリはもれなく対アラガミ装甲で覆われているが、まさかアラガミを乗せることになろうとは。

ソーマがやけくそ気味にハッチを閉めると、コウタとアリサはそういえば腹が減ったと言いながら自分たちの装甲車へ向かった。代わりにサクヤとユウが近寄ってくる。

「ソーマ、なんなのあの娘……？」

サクヤがハッチを不安そうに見やった。

「博士、あの娘をおびき寄せるために俺たちにミッションを依頼したって言ってたよね。ひょっとして……」

ユウは薄々、少女の正体に気づいているようだ。

「榊のおっさんに訊いてくれ。俺もなにを企んでるのか、よくわからねぇ」

ソーマはそれだけ言って運転席へ向かった。

アナグラに帰還したソーマは、コンテナに少女を押し込め榊のラボへ運んだ。途中でコンテナを喰い破ったり騒いだりするのではないかとはらはらしたが、箱の中身はおとなしかった。

榊はコンテナの中におやつを仕込んでおいたと言っていた。たぶんほかのアラガミのコアかなにかだろう。

一度に二人は入れないので二往復しなければならなかったが、ソーマは誰にも咎《とが》められることなく白い少女と榊を無事ラボに運び終えた。

第一部隊の全員がラボに揃ったところで、榊は少女がアラガミだと明かした。案の定、仲間たちは仰天した。当然だ。

コウタは喰われるのではないかと取り乱したが、榊は心配には及ばないと言った。アラガミには偏食傾向があり自身と似た形質のものは捕喰しない。少女にとって人間はすでに獲物《えもの》の範《はん》疇《ちゅう》から外れているようだった。

榊は、少女が捕喰を繰り返し人間に近い進化をたどったアラガミだと結論した。頭部神経節に相当する部分が人間の脳のように機能していることが簡単な検査で判明したらしい。

人間に近いアラガミ。

ソーマは言葉を失った。姿形が似ているだけでなく、脳まであるというのか。脳があるということは心もあるということか。

ソーマはわなわなと震える自分の手と、床にぺたりと座り込んでいる少女を見比べた。

人間に近いアラガミと、アラガミに近い人間。境はなんだ。

ソーマは自分がアラガミを憎み、身を削るように戦ってきた本当の理由《わけ》を思い知った。

核融合炉の爆発の中で光の声を聞いたから。

人の悲しむ顔を見たくないから。

どれも本当だ。

だが心の奥底の檻《ケージ》の中では、膝を抱えた幼いソーマが絶えず泣き叫んでいた。

「お父さん、ボクはニンゲンだよね!? そうだよね!?」

そう、アラガミを滅ぼすことが人間であることの証明だった。

しかしどれだけ殺しても、ソーマの内から呪われた偏食因子が消え去ることはない。殺戮《さつりく》がただの自己暗示に過ぎないことはどこかでわかっていた。それでも、光の声に従うことで自分は人間だと言い聞かせることができた。

なのに、アラガミの中から人の形をし、人を喰らわぬアラガミが現れた。かろうじてアラガミとソーマを隔てていた薄い壁が、無数のアラガミの屍《しかばね》で築きあげてきた生きるよすがが、ソーマの中で音もたてずに崩れていった。

「彼女とも仲良くしてやってくれ。ソーマ、君もよろしく頼むよ」

ツバキとヨハネスに報告しなくていいのかというサクヤを口止めしていた榊が、そう言ってソーマを振り向いた。

「ふざけるな! 人間の真似事をしていようと、化け物は化け物だ……!」

激情がソーマの口を割り迸《ほとばし》った。ぎょっとした仲間たちの視線が突き刺さる。

自分の言葉が誰に向けられたものなのか、ソーマにはよくわかっていた。ソーマはみなの視線から逃れるように榊のラボを出た。

人気のない通路が決して出られぬ無限回廊のように思われ、ソーマは壁に拳《こぶし》を叩きつけた。

7 二人の孤独 二〇七一年三月

数日後、ソーマは再び榊《さかき》に呼び出された。しばらく関わり合いたくなかったがユウも一緒に呼び出されたという。

隊長を差し置いてボイコットするわけにもいかないし、また榊がユウに余計なことを吹き込むかもしれない。渋々ソーマは榊のラボへ向かった。

榊とアラガミの少女がソーマを出迎えた。

「やあソーマ、先日はどうもありがとう。シオともどもお礼を言うよ」

「そーま！　ありがとー！」

シオと呼ばれるようになったアラガミの少女が元気にお辞儀《じぎ》した。

ソーマはシオと視線を合わさぬよう、イスにかけたままの榊をねめつけた。

「ユウはどうした」

「もうすぐ来ると思うよ。予想ではあと三一八秒以内に到着するはずだ」

ソーマは無言で入り口の左脇のソファに腰を下ろした。シオがソーマの目の前にやって来て顔を覗《のぞ》き込んでくる。

「そーまげんきないな。そーまもオナカスイタか？」

「目障りだ……」

「メザワリ？　めがビョーキか？」

ますますシオが顔を寄せてくる。ソーマは顔を背け語気を強めた。

「寄るな！　あっちへ行け！」

シオが怯《おび》えた様子で身を引く。見かねたのか榊がシオを手招いた。

「シオ、もうすぐゴハンだからね。こっちへおいで」

「ゴハン！　ゴハン！　ゴハンー！　たのしみだな、そーまー！」

シオが榊の元へ飛んでいった。

「ほら、あれを見てごらん。あれは重箱といってね。人間がゴハンを詰める入れ物だよ」

シオの気を逸《そ》らそうというのか、榊が棚の上の重箱を指差した。

「おー？　あれがそーまのゴハンか？」

「今は中身は入ってないけどね。人間は食べるだけじゃなく、ゴハンを目でも楽しむものなんだ。目で見て、みんなで味わって絆《きずな》を深め合うのさ。あれはそのための箱だよ」

「シオ、キズナしってるー！　ユウとアリサとコウタとサクヤとハカセ、みんなキズナだな！なかよしだな！」

シオは重箱に興味を持ったのか、棚に歩み寄りしげしげと観察しだした。

シオはたった数日ユウや榊たちと接しただけで、ほぼ十代の少女と変わらぬ知識や言葉を身につけたようだ。口調は相変わらずだったが、驚くべき学習速度にソーマは戦慄《せんりつ》を覚えた。

アラガミのくせにソーマが使ったこともないような言葉まで喋《しゃべ》る。日ごろ第一部隊の仲間たちとも必要以上に関わらないようにしている自分より、シオのほうがユウや榊たちに溶け込んでいるのかもしれないとソーマは感じた。

アラガミのくせに……。

ソーマの横でドアが開きユウが現れた。

「あ、ソーマ！ よかったぁ。来てくれないんじゃないかと思って部屋に迎えに行ったんだけど、先に来てたんだね」

ユウがソーマに気づき微笑《ほほえ》んだ。毎度のことながら、誰彼かまわずよくこんなに屈託なく笑えるものだ。

ソーマはツバキやリンドウとは違うリーダーとしての器をユウに感じていた。ぐいぐい引っ張っていくタイプではない。いつの間にか周囲を感化し巻き込んでいくような、そんな懐《ふところ》の深さとでも言えばいいのだろうか。

ソーマにしてみれば、まだあぶなっかしくて放っておけないのだが、アリサはリンドウの一件以来、全幅の信頼を置いているようだ。

コウタはコウタで、なんでも話せる同期だと感じているらしい。二人は親友のように仲がよかった。

サクヤはリンドウの後任ということで複雑な思いはあるものの、神機《じんき》使いとしての能力と判断力にまったく疑問は感じていないようだった。

どんな合いそうにない料理でもおいしそうに詰めてしまえる魔法の重箱……そんな喩《たと》えが頭に浮かんだ。榊とシオのやり取りのせいだ。

「……俺も今来たところだ」

そう答えるとユウが榊に頭を下げ、シオに手を振った。

「お待たせしてすいません、博士。シオ、今日も元気だね」

「ユウ！　おはよー」

シオが元気にお辞儀する。

「もうこんにちはの時間だよ。こんにちは、シオ」

もう午後だ。ユウに訂正されると、シオは自分の頭をこつんと叩き再びお辞儀した。

「そっか。えへへ。こんにちはー！」

こんな茶番はたくさんだ。ソーマはソファから立ち上がった。

「用があるなら早く言え」

「そうだね。二人とも揃ったことだし」

榊がモニターに囲まれたイスから立ち上がり、シオの背を押してソファまでやってきた。テーブルを挟《はさ》んでソーマが座っていた席の斜向かいに腰を下ろす。

榊の用件はシオの食糧問題だった。

シオを誘き寄せるためにユウたちが狩り殺したアラガミのコアを貯蔵しておいたが、それが尽きてしまったらしい。榊はそのためシオをデートに連れ出して欲しいとのたまった。

「フルコースのディナーをよろしく頼むよ」

榊がそう言うと、シオが榊の口真似《くちまね》をしてお辞儀した。

「たのむよー」

ヨハネスの目から隠すため苦労してここまで連れてきたのに、わざわざ外に連れ出せと言うのか。オラクル細胞が必要なら自分たちだけでアラガミを狩り殺し、コアでもなんでも持ち帰ってくればいい。わざわざ外へ連れ出す必要はない。

だいたい、少女をここから出すということは、またあの間抜けなコンテナを押して行かなければいけないということだ。冗談ではない。

「ふざけるな。なんで俺まで……」

ソーマが不機嫌な声で拒否しようとした矢先、横でユウが頷《うなず》いた。

「わかりました、博士！」

「おい！　勝手に受けるな！」

慌てて反論するが、榊が嬉しそうに茶々を入れてきた。

「おお？　リーダー権限というやつだね！　これは逆らえないな、ソーマ」

このキツネ親父、はなから今の台詞《せりふ》のためにユウとセットで呼び出したに違いない。

「馬鹿野郎が……」

まんまと乗せられやがって。ソーマが吐き捨てるとユウはいつもの笑顔を向けてきた。

「いいじゃない、ソーマ。ずっとここに閉じ込めておいたら可哀想《かわいそう》だよ。たまには外に出してあげないと」

「お前な……」

なにも知らないからそんな能天気なことが言えるのだ、と言いかけてソーマは言葉を飲み込んだ。榊はまだユウたちにシオが特異点であることを明かしていなかった。

だがシオは特異点だ。名前どおりの仔犬のような感覚で気軽に散歩に連れ出していい存在ではない。

榊がヨハネスに対抗して確保したということは、榊も特異点を終末捕喰《ほしょく》と結びつけて考えていると見ていいだろう。

なのに一度捕まえた特異点をまた外に出すなど、いったいなにを考えているのだろうか。まだヨハネスが欧州から戻っていないとはいえ、ほかの者に見つかる可能性もあるし逃げ出してしまうかもしれない。リスクが大きすぎる。

ソーマは榊の顔を睨《にら》みつけたが、なにを考えているのかは推し量れず舌打ちするしかなかった。

「勝手にしろ」

こうしてソーマとユウでシオを食事に連れていくことになった。ユウはコウタも巻き込んだ。

ユウが例のコンテナを引っ張ってくるとシオは大喜びした。

「おお？　またこのハコにはいるのか？　シオこれすきー！」

みんなが押して運んでくれるコンテナが気にいったらしい。シオは自分からコンテナに入り込み、首だけ出してニコニコとソーマたちの顔を見回した。行動だけは本当に仔犬のような奴だ。

「腹が減ってもこの箱喰っちゃだめだぞ」

「うん！　シオがまんするー」

シオが頭を引っ込めコウタが蓋を閉めた。シオはラボへ来る時も酸素ボンベを使っていない。アラガミなので窒息の心配はないようだった。

すっかり順応しやがって……。

ソーマは、シオも平然と彼女を受け入れるユウたちも気に入らなかった。榊の部屋を出てコンテナを押すユウの背に、思わず不満が漏れた。

「お前ら、こいつを見てなにも感じねぇのか？　アラガミだぞ」

「可愛《かわい》いよね。妹ができたみたいだよ」

「あ！　わかる!?　妹いいっしょ!?　めちゃくちゃ可愛いんだよー！」

コウタが我が意を得たりとユウの顔を指差した。コウタには外部居住区で帰りを待つ幼い妹と母がいる。

コウタの家族は、エイジス計画に資材の多くが回されているためアナグラの地下居住区の拡張工事が進まず、未だ外部居住区でアラガミの脅威に脅《おびや》かされていた。

コウタはそんな家族を守るためゴッドイーターに志願したと言って憚《はばか》らない。

志は立派だが、どうやらコウタにはシスターコンプレックスのきらいがあるようだ。妹のこととなると見境がなくなる。

コウタとユウは、ソーマの気も知らずに妹談義に花を咲かせはじめた。

「お前らに訊いた俺が馬鹿だったぜ……」

ソーマの口を衝《つ》いて長いため息が漏れた。

榊が選んだディナーテーブルは『愚者《ぐしゃ》の空母』だった。港湾施設に衝突、座礁《ざしょう》した旧大国の空母を中心とする極東支部の防衛ラインのひとつだ。

アラガミによる国体の崩壊《ほうかい》後、略奪者と化した軍人同士の争いがあったためこう呼ばれている。皮肉にも人間同士の争いはアラガミの襲撃によって終結したとのことだ。誰も生き残れなかったのは、残骸《ざんがい》と化した空母を見ればよくわかる。

メニューはシユウの亜種、荷電性能を身に付けたシユウ堕天《だてん》種だ。榊はピリリと痺《しび》れるレシピを選んだと言っていたが、毎度毎度冗談が癇《かん》に障《さわ》る。シユウ堕天種の電撃をまともに喰らえばピリリどころでは済まない。こんがり丸焼けだ。

空母が衝突した鉄筋コンクリート製の吊橋の上で装甲車を停め、ソーマたちは狩りの準備をはじめた。

橋は衝突の衝撃で捲《めく》れ上がったように段になっており、段差をいくつか乗り越えなければ空母までたどり着けない。夕日で朱《あけ》に染まった沖合いに、アナグラから見るよりも遙かに巨大なエイジスが浮かんでいた。

シオはソーマたちがケースから神機を取り出す様を、コンテナから首を出しほーとかおーとか唸《うな》りながら興味深そうに眺めていた。コンテナの蓋はアナグラを出てすぐ開けていたのだが、なかなかそこから出ようとしなかった。

「シオもやるー！」

シオが唐突にコンテナから飛び出した。天に右手をかざすと五本の指が生き物のようにすると伸び出す。広がりねじくれ、複雑な形状に絡み合った指はショートブレードの神機のような形状に変形した。ユウの新型神機に似ている。

「げぇー!?　そ、そんなことできんの!?」

腰を抜かしたコウタの脇で、シオは文字どおり手製の神機を振り回した。

「アハハハ！　つよいぞー！」

「や、やっぱりアラガミなんだなぁ」

ソーマも目を疑ったが、能天気なユウもさすがに驚いたようだ。なにを今さら。

「だからそう言ってるだろうが。ちったぁ……」

「便利でいいね！」

ユウは満面の笑みでシオに親指を立てた。

もういい。さっさと終わらせて早く帰りたい。ソーマは心置きなくぶった斬れるアラガミの姿を求め、空母へ続く段差を飛び降りた。

シユウのほかにザイゴートの堕天種やオウガテイルも数匹いたものの、神狩りは大過なく終了した。

シユウ堕天種はソーマの怒りの捌《は》け口《ぐち》となって両断され、ザイゴートたちははしゃぐシオの射的の的となって地に落ちた。

シオは手製神機を銃型神機のようにも使えるようだ。自分の身体を構成しているオラクル細胞を弾体として射出しているわけで、よけい腹が減るからやめろと言っても手伝うと言ってきかなかった。

周辺のアラガミを掃討《そうとう》し終えると、ユウがウエイターのようにうやうやしく頭を下げ片手を広げた。

「さあ、好きなものから召し上がれ」

「それじゃー、イタダキマス！」

オードブルにシオが選んだのはオウガテイルだった。アラガミの骸《むくろ》に歩み寄ったシオがソーマを振り向いた。

「あ、そーだ。そーま！　いっしょにたべよ！」

無邪気な声にソーマの全身の毛が逆立った。

「おいおい、シオ。俺たち人間はアラガミを喰ったりしないんだよ」

コウタが呆《あき》れて笑う。シオが首を傾《かし》げた。

「えーでもー。そーまのアラガミはたべたいっていってるよ？」

コウタとユウが驚きソーマを振り返った。

知られてしまった。

自分でも薄々気づいてはいた。

アラガミが近くにいる時に感じる不快感の正体を。

耳鳴りと頭痛、総毛立つような感覚の源は飢えだった。

ソーマの内《なか》でうずくまる巨大な野獣は、シオが言うとおりアラガミを喰らいたいと荒ぶり、理性の鎖を嚙み千切ろうといつも暗闇でもがいていた。

「ふざけるな！　てめぇみたいな……化け物と一緒にするんじゃねぇ！」

ソーマは咆《ほ》えた。そうしなければ喰われてしまう。自分が自分でなくなってしまう。

自分……いったいどっちが本当の自分だ？　アラガミにむしゃぶりつき、腹を裂いて首を突っ込み、思う存分オラクルを啜《すす》りたいと思う獣か。

檻の中で震え泣き叫ぶ、ちっぽけで無力な人間のクソガキか。

「お、おい……」

あまりの激昂《げっこう》ぶりにコウタが心配そうな声をかけてきた。

「いいからもう、俺に関わるな……」

背を向け搾り出した声は、情けないくらい震えていた。数歩進むと背後でシオの戸惑《とまど》いがちな声がした。

「シオ、ずっとひとりだったよ」

ずっと独り。その言葉がソーマの足を止めた。

「だれもいなかった。だから……うーんと、だから、だから、そーまを見つけてうれしかった。みんなをみつけてうれしかった。うーんと、だから、だから、えーと……」

生まれてはじめてそんなことを言われた。言った相手はアラガミだ。世界を滅ぼすかもしれない特異点だ。こんな滑稽《こっけい》で惨《みじ》めな話はない。

自分はアラガミを滅ぼすために生まれてきた。本来ならば愛らしい少女の似姿をした首を刎《は》ね、コアを狩り取らねばならない身だ。

そうされたくなければ、シオはソーマの身を引き裂き喰らうしかない。生き延びるためどちらかが死ぬまで牙を立て喰らい合う。それがこの世界でのあるべき姿だ。
にもかかわらず、憎むべき相手は覚えたての言葉でたどたどしく精一杯、なにかを伝えようとしている。

こんな自分に会えてうれしかったと言う。殺すことしか知らぬ自分よりシオのほうがよほど人間らしく思え、ソーマは打ちひしがれた。

うれしかったからなんだというのか。いったいどうしろというのか。今できることは尻尾《しっぽ》を巻いて逃げ出すことだけだ。ソーマはなす術なく、シオに背を向けたまま逃げ出した。

8 別れの歌 二〇七一年三月

愚者《ぐしゃ》の空母でのディナーから数日後、シオがアナグラから逃げ出した。榊《さかき》に依頼されたサクヤとアリサに、無理やり服を着させられそうになったのを拒《こば》んでのことだ。

今までの苦労が馬鹿馬鹿しく思える脱力してしまいそうな理由だが、榊はシオを極力人間と同じように扱うことに拘《こだわ》った。その結果の脱走にさすがの榊も慌《あわ》ててしょげ込んだ。

シオは榊のラボの奥の倉庫にベッドなどを持ち込んで匿《かくま》われていたが、その壁をぶち破り通風管《ダクト》やエレベーターのシャフトを伝って外へ出たようだ。当然、施設内に発生したアラガミの偏食場反応にアナグラ中が大騒ぎとなった。

だが榊が、ラボで新型レーダーの実験中に事故が起きたためだと発表したため騒ぎは沈静化した。誰もアラガミ技術研究の統括者がアラガミを匿っているとは思わなかったようだ。ヨハネスがまだ欧州から戻っていないことも幸いした。

放っておくわけにもいかない。ヨハネスが戻る前にシオを連れ戻すため、ソーマはユウとコウタと三人でシオの捜索に向かった。

榊がデータベースから消した観測情報によれば、シオはソーマたちと出会った鎮魂《ちんこん》の廃寺《はいでら》に逃げ込んだらしい。ソーマたちの緊急出動は、例のごとく榊がノルンをハッキングし通常任務に偽装した。

どうやら榊は以前からノルンをハックし、観測地点から集まる情報やデータを改ざんしていたようだ。ヨハネスさえ知らなかったシオの姿形を事前に把握《はあく》できていたのもそのためだろう。父の命で特異点を捜していたソーマは、しばらく無駄骨を折らされていたわけだ。まったく喰えないおっさんだ。

廃寺を徘徊《はいかい》していたアラガミを掃討《そうとう》したソーマたちは、手分けしてシオを捜した。

ソーマは感覚を研ぎ澄ましシオの気配を追った。ほかのアラガミとは違う、誰かに見られているような感覚はこれまでの特務で何度も経験している。

夕暮れに染まる愚者の空母《ディナーテーブル》で、シオはソーマやユウたちを「見つけた」と言った。きっとソーマたちをずっと観察していたに違いない。この気配を追って行けばシオがいるはずだ。

ソーマは独り、朽《く》ちた寺の堂に足を踏み入れた。

「おい、いるんだろ」

声をかけるとアラガミに齧《かじ》られて欠けた仏像の背後から声がした。

「いないよー」

「遊びは終わりだ。さっさと帰るぞ」

「ちくちくやだー」

シオは人間が着る服の繊維が気に召さないらしい。戻ればまた服を着させられると思っているのだろう。姿を隠したままだ。苦笑が漏《も》れた。

「所詮《しょせん》は化け物か」

シオが恐る恐るといった様子で顔を覗《のぞ》かせた。

「そーま、もうおこってない？　そーま、あのときおこってた……」

「てめぇにゃ関係ねぇ」

ソーマはシオの視線から目を逸《そ》らした。すべて自分の問題だ。こいつは本当のことを言っただけだ。だがシオはソーマを怒らせたことを悔いているようだった。

「あのとき、そーまにいやなことしたんだな。シオもちくちく、いやだもんな。シオ、えらくなかったな……」

「一丁前な口利きやがって」

アラガミですら己を省みることができるのに、自分はどうだ。憎まれ口が口を衝《つ》くだけだ。

「俺もてめぇくらいに自分のことなんかなにも考えずに生きていられたら、楽になれるかもな……」

シオが首を傾《かし》げた。

「そーま、ジブンってうまいのか？」

ソーマは思わず噴《ふ》き出した。腹の底から笑いが漏れる。

こんなに笑ったのは、はじめてかもしれない。どうにもならないことで悩んでいるのが馬鹿馬鹿しくなった。

「てめぇも少しは自分で考えやがれ。まぁ、お互い自分のこともわからねぇ出来損ないってことだな」

シオが笑顔を見せた。

「おお、やっぱりいっしょか！」

「だから一緒にするなと……」

「いっしょにジブンさがしだな！」

ガッツポーズまでする。

「や、やめろ」

シオを捜すコウタとユウの声が聞こえてきた。シオが仏像の陰から降りてくる。

考えてみれば、オラクル細胞から抽出した偏食因子を身体に取り込んでいるのは自分だけではない。

程度の差こそあれ、ユウもコウタも純粋な人間であることをやめている。いや、やめさせられたのだ。潜在的なアラガミ化の恐怖はP五三偏食因子に侵《おか》された彼らにも付きまとう。

神機《じんき》の適合者としてフェンリルに見出されるとはそういうことだ。選択の余地などありはしない。適合検査を拒《こば》めば壁の外に放り出されアラガミの餌食《えじき》になるだけだ。物心ついてから偏食因子を投与された彼らのほうが、自分よりよほど救われないのかもしれない。

「うん、わかるよ。みんなおんなじ『なかま』だって、かんじるよ」

いつの間にか思いが口に出ていたようだ。シオがソーマを見上げて言った。

仲間……仲間か。

ソーマは急に気恥《きは》ずかしくなった。独りではなにもできはしないのに、なにもかも独りで背負った気になっていた。とんだ独り芝居だ。

鼻をこするとシオが真似《まね》しようとソーマの鼻に手を伸ばしてきた。その手を払いはしたものの、先日までの拒絶とは違い力がないことをソーマは自覚していた。

例によってコンテナに隠しシオをラボへ連れ帰ると、榊は大いに喜んだ。

「やあやあ、ありがとうありがとう！　一時はどうなることかと思ったよ」

「そりゃこっちの台詞《せりふ》だ」

「せりふだー」

右隣のコンテナから顔を出しているシオがソーマの真似をした。

「部屋の壁壊れちゃいましたし、シオどうします？　博士」

コンテナを挟《はさ》んで横にいるユウが言った。今ラボにいるのはこの四人だけだ。シオが再びユウの真似をした。

「どうするー?」

シオは連れ帰ってからご機嫌な様子だ。榊が腕を組んだ。

「応急処置が必要だね。その間この部屋にいてもいいんだが、ちょっと考えがあるんだ。ソーマ、残ってくれるかい」

ソーマは、ユウが手を振って出て行くのを嫌な予感とともに見送った。ドアが閉まるなり、榊がソーマの両肩をがっしと掴《つか》み顔を寄せてきた。

「大変だよ、ソーマ!」

「やぶから棒になんだ」

身を反《そ》らし顔を背《そむ》ける。

「なんだー」

シオは相変わらずだ。

「ヨハンが帰ってくる!」

「クソ親父が……? そりゃいつかは戻ってくるだろ」

「そのとおりだが、この状況は非常にまずい! 壁に穴も開いてるし騒ぎがあったばかりだ。ヨハンは必ずここに様子を見に来るよ! せっかく欧州にお暇《いとま》願ったのに、ああ、なんてことだ!」

どうやら榊はヨハネスを出し抜き、シオを手に入れるため欧州出張に出向かせたようだ。

「おい、こいつをどうするんだ？」

ソーマはコンテナの中で楽しそうに微笑《ほほえ》んでいるシオを見下ろした。父はシオのコアを求めている。見つけられるわけにはいかない。

「絶対見つからない安全な場所に隠す必要があるね」

「そんな場所があるのか」

「ひとつだけ心当たりがあるよ」

「どこだ、早く言え」

「君の部屋だ」

「……冗談は顔だけにしろ、おっさん」

榊は大真面目《おおまじめ》だった。確かにヨハネスがソーマの部屋に来たことは一度もない。だがソーマの部屋はこのラボのように偏食場を遮断《しゃだん》するようにはできていない。餌《えさ》も与えないといけないし、ずっとコンテナの中に閉じ込めておくわけにもいかない。

そう抗議すると榊は棚から四つの機械を取り出した。

「心配は無用だ。こんなこともあろうかと思ってね、これを作っておいたんだよ」

タバコの箱を一回り大きくしたような黒い金属製のボックスに、四本の可動式の短いアンテナが付いている。

「偏食場探知ジャマーだ。これを部屋の四隅《よすみ》に設置すればレーダーから探知されなくなる。電源は部屋のコンセントから取れるようにしておいた。じゃあ、よろしく頼んだよ！」

準備が良すぎるだろう……。

榊は最初から、いざという時はシオをソーマに押し付けるつもりだったようだ。またハメられたと憮然《ぶぜん》としたものの、シオをこのまま置いていくわけにもいかない。ソーマは渋々、シオを一時預かることに同意した。

ソーマは目立たぬよう夜中にシオのコンテナを自室に運び入れた。言われたとおりにジャミング装置を部屋の四隅に設置し、スイッチを入れてから恐る恐るコンテナの蓋《ふた》を開けた。

「いいか、絶対なにも喰うなよ……」

「おー？　ここがそーまのへやか！」

コンテナから飛び出したシオが、額《ひたい》に手をかざしきょろきょろと辺りを見回した。

最初はなにもなかった部屋も今ではソーマの所有物で溢《あふ》れている。ベッドの上は銃や刀剣など集めた武器で塞《ふさ》がっていた。

部屋の奥の壁には弾痕《だんこん》の穿《うが》たれた人型のターゲットが掛けてある。弾痕は壁にも散らばっていた。銃はどうも苦手だ。

シオがターゲットの横の棚に駆け寄った。棚の上にはさまざまな口径の弾丸が置いてある。

「おおー？　これうまいのか!?」

シオは全長一四センチほどもある一二・七ミリ対戦車ライフルの弾丸を手に取り口に入れよ

うとした。

「ば、馬鹿野郎！　言ったそばからそんなもん喰うんじゃねぇ！」

ソーマはシオに駆け寄り弾丸を取り上げた。シオは今度は目を輝かせソファの後ろにある棚に駆けて行った。

「おー！　これジュウバコだな！　シオしってる！」

シオが棚の上の黒い四角い箱型の機械を指差し、ソファの上で飛び跳ねる。ソーマはため息をついた。

「そりゃコンポだ」

「こんぽ？」

シオが首を傾げる。

「音楽を聴《き》く機械だ。こうやって……」

コンポーネントステレオに歩み寄りプレイボタンを押す。

コンポの両脇とベッドの枕元にあるスピーカーから、フランク・シナトラの『フライ・ミー・トゥ・ザ・ムーン』が流れ出した。大むかしに大ヒットしたジャズナンバーだ。アポロ一一号ではじめて月に持ち込まれた曲でもある。

コンポがどういうものか理解したかと横のシオを見やり、ソーマはぎょっとした。シオの口が皿でも含んだように左右に突っ張っている。

「な、なに喰いやがった！　出せこら！」

口に両手の人差し指を突っ込み左右に開く。銀色の円盤が見えた。ＣＤだ。

「もふー！」

「お前、貴重なＣＤを！　これは喰うもんじゃねぇ、聴くもんだ！」

ソーマはＣＤをシオの口から引っ張りだした。アラガミだからか唾液《だえき》などは付いていなかったが、歯でこすった引っかき傷が付いていた。

「ったく、油断も隙《すき》もねぇな……」

ソーマは救出したＣＤがちゃんと聴けるかプレイヤーに挿入し再生してみた。透《す》きとおった女性シンガーの歌声がスピーカーから流れてきた。大丈夫なようだ。

「おお？」

シオがスピーカーに耳を寄せた。

「そーま、これなに」

「歌だ。人間は言葉をリズムやメロディに乗せて、気持ちを伝えたり表現したりする」

「うた……うたか」

シオがうっとりと目を閉じる。この歌が気に入ったようだ。

美しくさよならを言おう、そんな別れの歌だ。歌詞の意味などまだわかるまい。だが儚《はかな》げで美しく、物悲しい旋律《せんりつ》はシオの心にも響いたようだ。

シオがソファの背もたれに頬《ほお》を押し付けたまま、目を閉じ動かなくなった。眠ったようだ。

「まったく……」

ソーマは苦笑しボリュームを下げた。子守唄程度に流しておいてやったほうがいいかもしれない。

毛布を掛けてやろうとして思いとどまった。またちくちくするとか言って逃げ出したら大事だ。

「ほんとに、世話の焼ける奴だ」

ソーマは照明を落とし、毛布に包まってソファに横たわった。

翌日、ソーマは一人で榊のラボに向かった。ヨハネスが去ったかどうか確認するためだ。

ラボのある階に着くと、ちょうどヨハネスが廊下《ろうか》の奥からやって来た。榊の部屋を訪れた帰りに違いない。

急に引き返せば怪しまれる。ラボの手前には医務室があった。こんな場所になんの用だと問われたら、そこへの用事だと繕《つくろ》えばいい。

ソーマは目を合わせないようにヨハネスの横を通り過ぎようとした。

「なにか良いことでもあったのか」

すれ違いざまかけられた父の声にソーマの足が止まった。

「……なんだと？」

「ふむ」

ヨハネスは答えずソーマの全身をしげしげと眺めた。

「……なにもありゃしねぇ。クソ野郎がいなくなってせいせいしてたってのに、またクソッタレな毎日に逆戻りだ。ムカつく以外になにがあるってんだ」

なにか感づかれたか？　学者、医者嫌いを公言してはばからない自分がここに来たのは迂闊《うかつ》だったか。ソーマは憎まれ口を叩きながら、内心冷や汗をかいていた。

「後ほど私の部屋へ来い」

そう言い残してヨハネスは去って行った。父の姿がエレベーターに消えたのを見届け、ソーマは大きく息を吐き出した。

念のためしばらく時間を置いてシオを榊のラボに戻すと、ちょうどアラガミ素材によるシオの服ができあがっていた。榊がユウたちに素材の収集を依頼して作成したものらしい。

背中を大きなリボンで結んだ薄いピンク色のワンピースに着替えさせられたシオは、第一部隊のみなに褒《ほ》められ喜んだ。

「なんだ？　これえらいか？　なんか、きぶんいいな」

照れたシオは突然ソーマと聴いたあの歌を歌いだした。

「これしってるか？　うたっていうんだよ！」

　みなシオが歌まで覚えたことに驚いたが、どこで覚えたのか知るとこぞってソーマを冷やかした。

「あらぁ？　あらあらあら」

「へぇ、そうなんですか～」

　サクヤが噂好きな主婦のような声をあげ、アリサが意外と手が早いんですねとでも言いたげな視線を向けてきた。

　コウタもいやらしく目を細める。

「なんだよー、いつの間に仲良くなっちゃってんの～」

　ソーマはそんな風にからかわれるのもはじめてだった。やっぱり独りが一番だ。

　居たたまれなくなったソーマは、顔を赤らめ呼び出されていたヨハネスの元へ向かった。

　ヨハネスは特異点捜索の経過報告を求めてきた。成果はゼロだと報告すると、ヨハネスは一刻も早く見つけ出せと言った。いつもの能面に変わりはなかったが父はいらだっているようだった。欧州に特異点がいるとでも榊にガセネタを掴まされたせいだろう。

　ソーマは内心胸を撫で下ろした。まだシオのことは気づかれていない。

　その後もソーマはヨハネスが命じる特務に従うふりをしながら、鎮魂の廃寺付近に残るシオの痕跡を消しのらりくらりと特異点捜しを妨害し続けた。

なかなか特異点が見つからないことに業《ごう》を煮《に》やしたヨハネスは、遂にユウにも特務を発し特異点を捜させようとした。

だがユウは、シオが特異点であることやヨハネスの捜し物がなんであるかもよくわかっていないはずだ。

ソーマはヨハネスの部屋の前でユウを待ち伏せし忠告した。

「とうとうお前も呼ばれたのか……これだけは言っておく、あいつには深入りするな」

「どういう意味？　ソーマ」

ユウは理由を知りたがったがソーマは答えなかった。

話せばソーマやシオのためにいらぬ苦労を背負い込むはずだ。父との確執《かくしつ》にユウを巻き込むことは避けたかった。

9　方舟《はこぶね》　二〇七一年三月

ヨハネスが戻ってきてから数日後、リンドウの腕輪のものらしい信号を発しながら移動するアラガミの群れが観測された。

贖罪《しょくざい》の街でソーマを追い回したあの傷　顔《スカーフェイス》の群れに違いない。

「仇《かたき》などという雑念を混ぜるな。くれぐれも慎重に戦いを進めろ。いいな……」

ツバキはそう念を押したが、第一部隊の仲間たちの思いはひとつだった。

ソーマたちはリンドウの仇を討ち腕輪と神機《じんき》を回収するため、プリティヴィ・マータを一匹ずつ群れから引き剝《は》がして仕留めていった。だがリンドウの腕輪はプリティヴィ・マータたちの中からは発見できなかった。

群れのボスは別にいた。ヴァジュラ種の頂点と目されるディアウス・ピターだ。漆黒《しっこく》の身体に顎鬚《あごひげ》を生やした邪悪な帝王のような顔を持つこのアラガミは、アリサの両親を喰らった仇でもあった。

帝王は群れの雌を狩り殺したソーマたちの前に一度姿を現したものの、眼中に無いといった風情《ふぜい》で悠然と去っていった。

「あいつを倒さないとダメってことね。待ってなさいよ……」

サクヤが静かな怒りをたぎらせ呟《つぶや》いた。

数日間追跡を続け、ソーマたちは群れの最後の二匹となった傷顔と帝王を捕捉《ほそく》した。場所はリンドウを失った贖罪の街だ。決着をつけるのにこれほど相応《ふさわ》しい場所は無い。

ソーマたちはプリティヴィ・マータとディアウス・ピターを分断し、一匹ずつ各個撃破する作戦を取った。

サクヤ、アリサ、コウタが正面からの戦闘を避け、スタングレネードやトラップで帝王を拘束している間に、主力のソーマとユウが全力で傷顔を倒す。その後全員で帝王を包囲する作戦だ。

ユウが銃形態の神機で傷顔を狙撃し、怒り狂った傷顔をソーマが待つビルの下に巧みに誘き寄せた。

「この前は無様に追い回されたが、もうあの時のようにはいかねぇ……覚悟しやがれ」

ソーマは鈍く陽光を跳ね返す漆黒のイーブルワンを振りかざし、傷顔の上に飛び降りた。氷の鬣《たてがみ》のすぐ後ろ、比較的柔らかい胴体に深く神機を突き立てる。

プリティヴィ・マータは攻撃を受けて活性化すると全身を硬質化させる性質があった。だがユウが狙撃で結合崩壊《ほうかい》させたここなら、刃を弾かれることもない。

傷顔は馬がいななくように後肢《うしろあし》で立ち上がった。続いて飛び跳ねるように前肢《まえあし》だけで立ち、背中のソーマを振り落とそうとした。

ソーマは神機の柄から手を離さぬよう両腕に力を込めた。ロデオに興じるブルライダーのように滅茶苦茶に振り回されたが、ソーマは必死に堪《こら》えた。

傷顔が再び大地に四肢をついた。ソーマは叫んだ。

「今だ！　やれ！」

ユウが神機を近接武器形態に変形させ、ソーマを振り落とそうと身をよじる傷顔の懐《ふところ》に飛び込んだ。

「おおおおおおお！」

ユウは雄叫びをあげ傷顔の喉元《のどもと》に神機を突き刺した。傷顔の巨体がぶるっとわななき全身の結合が緩んだ。

ユウは神機を突き刺したまま傷顔の腹の下を駆け抜け、腹をどんどん縦に掻《か》っ捌《さば》いていった。

ソーマも神機を逆手に持ち替え、巨獣の背中を斬り裂きながら尾のほうへ走る。

背から飛び降りたソーマが傷顔の股下を走り抜けてきたユウと肩を並べると、背後で傷顔が地響きをあげ倒れ臥《ふ》した。

傷顔を倒したソーマとユウは休む間もなくサクヤたちと合流し、リンドウが討たれた教会の廃墟で帝王を取り囲んだ。

「リンドウさんの仇……パパとママの仇……」

アリサが銃型神機の狙いを定め呟《つぶや》いた。

帝王が応えるように唸《うな》り金色《こんじき》に輝くマントのような鬣を広げる。鬣は帯電し辺りに青白い放電を放った。

「討たせてもらうわ!」

サクヤが叫び女たちの銃口が咆《ほ》えた。同時に帝王の周囲を複数の青白い雷球が凄《すさ》まじい速さで回転しだす。

サクヤとアリサのバレットは帝王の鬣で炸裂し暴君のマントの一部を吹き飛ばしたが、雷球の回転は止まらない。

防御用に発生させたのではない。そう直感しソーマはサクヤと帝王の射線上に割り込んだ。数瞬遅れてユウがアリサと帝王の間に走り出す。

ソーマとユウがシールドを展開すると雷球が恐るべき速度でサクヤ目がけ飛来した。

雷球はすべて間に割り込んだソーマのシールドに弾かれたが、ソーマを痺《しび》れさせ体力を消耗させた。

「ソーマ!」

背後でサクヤが悲鳴をあげる。

「クッ……気をつけろ、まともに食らったら身体がバラバラになるぞ」

言った矢先、帝王がソーマ目がけ突進し前肢を振りかざした。左右に後ろ、どちらへ退いてもよけきれない。ならば前だ。

ソーマはシールドをたたんで倒れこむように前転し、逆に間合いを詰めた。

巨大な爪が数瞬前までソーマがいた空間を引き裂き、巨獣の頭の位置が下がる。

ソーマは片膝をついたまま大きく開いた帝王の口めがけ神機を突き出した。帝王の口蓋《こうがい》に神機がめり込む。

ひるんだ帝王の脇腹にアリサとコウタが横から集中砲火を浴びせた。サクヤの狙撃が眉間《みけん》を砕き、身体ごと突進してきたユウの神機が首元に突き刺さった。

それでも帝王は倒れない。大きくバックステップし空中でソーマ目がけ雷球を放った。

ソーマは横に転がって電撃をかわし、神機を八双に構え立ち上がった。三メートルほど横でユウも神機を正眼《せいがん》に構える。

たった一跳びで二〇メートルも距離を取った帝王が、ソーマたちをねめつけ咆えた。その周りで再び無数の雷球が回転しだす。

リンドウが殺られるわけだ。

ソーマはディアウス・ピターから目を離さずユウに問いかけた。

「おい、こいつに勝てると思うか」

「ああ、今の僕らならやれるさ」

ユウは即答した。自信に満ちた声ではっきりと。こいつがそう言うのならできるだろう。ソーマは口の端を不敵に吊り上げた。

「奇遇だな。俺もそう思ってたところだ」

ソーマとユウは雷《いかずち》の帝王目がけ駆け出した。


長い死闘の末ディアウス・ピターを倒したソーマたちは、帝王が飲み込んでいたリンドウの腕輪と神機を回収した。

サクヤとアリサは泣き崩《くず》れた。

アナグラに戻ったソーマはシャワー室に籠《こ》もり、最も長い時間一緒に戦ってきた戦友の死を独り悼《いた》んだ。シャワー室の鏡が割れているのを見つけたコウタが、黙ってソーマにバンテージテープを手渡した。

そんな中、再びシオが行方不明となった。榊の依頼でユウ、サクヤ、アリサと共に食事に出かけた先でのことだ。ユウから話を聞かされたソーマは榊の元へ怒鳴《どな》り込んだ。

「どうして親父が帰ってきてるのにシオを外へ出しやがった！　あの野郎、感づきやがったぞ！」

ソーマはヨハネスに呼びだされ新たな特務を命じられていた。エイジス近郊で確認された特異な偏食場を発するコアの確保だ。シオ以外考えられない。しかもユウと二人で捜索するようにとの命令だ。

「すまない。申し開きようもないよ」

榊は目にもとまらぬ速さでキーボードを叩きながら、いつになく真剣な口調で謝罪した。過ちを悔いているというより、考え事に気を取られているだけといった様子にソーマの中で疑念が膨らんだ。

シオの食事ならソーマが特務をさぼりながら集めていた。わざわざ外食に連れ出す必要はない。一度脱走されているし、先日ヨハネスの訪問があったばかりだ。そんな矢先にシオを外に出した榊の行動は明らかに不可解だ。

榊はわざとシオを外に出したのではないかとの考えがどんどん大きくなっていった。だがなんのために。

シオが消息を絶ったのは愚者の空母の北端、エイジスが最もよく見渡せる場所だ。

ユウの話では、エイジスを見つめながら全身に奇怪な紋様を浮かび上がらせたシオは、誰かが「タベタイ」と呼んでいるとうわ言のように呟《つぶや》き海中に姿を消したという。

そういえば一度目の外食も愚者《ぐしゃ》の空母だった。今回シオが失踪《しっそう》したのも同じ場所だ。榊は二度も同じ場所を指定した。あの場所になにがある。

エイジス。

最高機密のベールに覆われた父ヨハネスの膝元が脳裏を過ぎった。

「おいおっさん、シオとエイジスになにか関係があるのか」

せわしなくキーを叩いていた榊の手が止まった。榊は顔を上げじっとソーマの顔を見つめた。

「……君は間違いなくヨハンとアイーシャの子供だね」

「なんだ急に」

「天才は一%のひらめきと九九%の汗さ。エジソンが言うとおり、一%のひらめきがなければ九九%の努力は無駄なんだ。君には間違いなく天才二人の血が流れている。そう感じたのさ」

「てことは、やっぱりエイジスに関係あるんだな。クソ親父はいったいエイジスでなにをやってる」

シオがエイジスを「うまそう」だと思って消えたのならわかる。

だがシオはなに者かに呼ばれるように姿を消した。エイジスの装甲壁の偏食因子の配合がシオ好みになっていたなどの理由であれば、呼ばれたとは言わないはずだ。

エイジスにはシオを呼ぶなにかがいる。榊がそれを知らないとは思えなかった。

「……君はヨハンとアイーシャが好きかい？」

長い沈黙の後、榊はそう言った。今度はソーマが押し黙る番だった。

母は自分とヨハネスが殺したようなものだ。好きかどうかなど考えられる立場にない。胸を占めるのは罪悪感だ。父のことは言わずもがなだ。

「……あいつを親父と思ったことはねぇ」

そう答えると榊はため息をついた。

「ならまだ話せない。私は今でもヨハンとアイーシャが好きなんだ。君たち親子が争うような最悪の結果は避けたい」

俯《うつむ》いた榊の姿に、いつぞやの父の言葉が思い返された。

──私が間違っていると思うのなら、いつでも神機でこの首を刎《は》ねるがいい──

父がなにをしているかを知れば、そうなるということか。

榊はそれを避けるためシオを匿《かくま》い、ヨハネスに察知される危険を冒してまでエイジスに近づけなにかを探ろうとしたのかもしれない。

口の中がやけに渇き、糊付《のりづ》けでもしたように重くなるのをソーマは感じた。

ラボのドアが開きユウが姿を見せた。特務の件に違いない。ユウはラボを漂う重苦しい空気を感じたのか、戸惑《とまど》いがちにソーマの名を呼んだ。

「ソーマ」

「特務の現場で……少し時間をくれ。話がある」

ソーマは擦《かす》れた声でようやくそう答えた。

捜索現場に着く頃には覚悟は決まっていた。血を思わせる紅い夕日に染まる空母を見つめながら、ソーマはユウに打ち明けた。

「お前ならもう気づいていると思うが、支部長が捜してる特殊なコアを持ったアラガミってのははシオに間違いない」

「そうだろうね……」

「俺はずっとあのクソ親父の命令でそいつの捜索を任されてきたんだ。だが俺はシオをあの野郎に差し出すつもりはない」

ソーマはユウに神機の切っ先を突きつけた。いつぞやのように勘違いされたらかなわない。

「勘違いするな。俺やシオをおもちゃにして勝手なことを考えてるのが気に喰わねぇだけだ」

「奇遇《きぐう》だね。僕もシオは支部長よりソーマや博士たちと一緒にいたほうが幸せなんだろうなって思ってたんだ」

ユウがいつもの柔らかい微笑を見せる。自然とソーマの口元も綻《ほころ》んだ。

出会った時もソーマはエリックの遺体の前でユウに剣を突きつけた。「こんなことは日常茶飯事だ、さっさと慣れろ」そう先輩風を吹かせてみたものの、今にして思えばあれは自分に向けた言葉だった。

あの頃はルーキーだったユウは今やソーマたちを率いるリーダーだ。この先どんな未来が待っているにせよ、ユウや第一部隊の仲間と一緒なら立ち向かえる気がした。

捜索の邪魔《じゃま》になる周辺のアラガミを掃討《そうとう》し終えたソーマとユウは、シオの姿をひしゃげた甲板の上で見つけた。

自分で狩り殺し捕喰《ほしょく》したものだろう。五、六匹のアラガミの死骸《しがい》に囲まれていたシオは、泣きながらあの別れの歌を口ずさんでいた。

「なんだろーこれ……これ、いやだな……」

涙を持て余しているようなシオに、ソーマは理由を教えてやった。

「別れの歌、だからかな。その歌は」

「わかれのうた？　そっか……でもまたあえたな」

そう言いながら涙を拭い、ソーマの顔を見て微笑《ほほえ》んだシオの様子が急変した。

身体中に紋様を浮かべて苦しみだし、「イカナキヤ」と言ってエイジスを振り返った。

「待て！　帰ってこい！　シオ！」

ソーマは激しく取り乱した。

アラガミだろうが世界を滅ぼす特異点だろうがかまわない。自分が独りではないと気づかせてくれたシオを失いたくない。叫びながらはっきりそう自覚した。

シオがソーマを振り返り昏倒《こんとう》した。

やはりシオはエイジスに引かれている。確信したソーマとユウは、シオを榊の元に連れ帰った。

「支部長への報告には僕が行くよ。今のソーマじゃ隠しとおせない」

ベッドに寝かされたシオを見下ろしユウが言った。ソーマは無言でシオからユウへ視線を移した。

狭《せま》いシオの部屋の壁は、シオが色とりどりのクレヨンで描いた落書きで埋め尽くされていた。魚や鳥、花やソーマの似顔絵とも思えるものまでいろいろだ。以前シオが脱走した時に開けた穴は塞《ふさ》がれていた。

辺りにはシオが読んだ本が散乱している。榊の部屋から持ち出した難しいオラクル工学や数学、歴史書や図鑑などだ。

シオのおやつを保冷するために持ち込まれた冷蔵庫は齧《かじ》られ欠けていた。

「でも、僕も見破られない自信はない。だから本当のことを混ぜるよ」

捜索対象と思われるアラガミは人間の少女のような姿をしていた。しかしソーマと共に追い詰めたものの海中に逃げられてしまった。そう報告しようと思うとユウは言った。

「ばれない嘘のつき方は、できるだけ嘘をつかないことだからね。致し方ないな」

そう言って榊も同意した。

いざという時のために口裏を合わせる必要もある。少しでもシオに関する情報をヨハネスの耳に入れることに不安を覚えたが、ソーマはやむなく同意した。

その日の夜遅く、ソーマは内線でユウの部屋に呼び出された。

ユウの部屋に行くとコウタがおり、ソファに腰掛け欠伸《あくび》を噛み殺していた。サクヤとアリサの姿は見当たらない。

「こんな時間になんの用だ」

そう尋《たず》ねると、ユウはなんとも言えない神妙な面持ちでベッドの足元にあるノルンのターミナルに向き直った。

「サクヤさん、全員揃いました……」

ターミナルの画面にサクヤとアリサの顔が現れる。どこかからビデオチャットをかけてきているらしい。

「夜中に呼び出してごめんなさい。あなたたちには、話さないわけにはいかないと思って……」

部屋の奥の壁に背を預けたソーマは、沈んだ様子のサクヤの声にコウタと顔を見合わせた。

「今から言うことを心して聞いて。どうしてリンドウが死んだのか、エイジスでなにが行われているのかわかったわ」

サクヤとアリサはエイジスに潜入し、ヨハネスの推《お》し進めるエイジス計画が『アーク計画』の隠れ蓑《みの》であったことを掴《つか》んだと言った。

サクヤはリンドウが遺した調査ディスクを部屋の冷蔵庫で見つけ、前々からアリサやユウと解析を試みていたらしい。

だがディスクの解析にはリンドウの腕輪認証が必要だった。そう、先日ディアウス・ピターから回収したあの腕輪だ。リンドウの腕輪を取り戻したサクヤたちはディスクの中身を確認した。

ディスクの中にはアーク計画に関するレポートと名簿、それにエイジスの警備システムを一度だけ無効化できるプログラムがあった。

そのプログラムを使用しエイジスに潜入したサクヤとアリサの前にヨハネスが現れ、すべてを語ったという。

リンドウは欧州のフェンリル本部からの命令でヨハネスとエイジス計画に探りを入れていた。それを察知したヨハネスはアリサを洗脳しリンドウを暗殺させようとした。

「確かかそれは……」

ソーマは閉じていた目を開き静かに尋《たず》ねた。不思議と心は波ひとつない湖面のように静まりかえっていた。

サクヤが目を伏せた。ソーマにヨハネスのことを打ち明けるのは、彼女にも覚悟がいることだったに違いない。恋人を殺したのは長年共に戦ってきた仲間の父親だった。当然だ。

「残念ながら、ね……あなたのお父様は、アリサに私も殺させようとした。アリサの主治医もグルだったのよ。治療にかこつけてご両親の仇《かたき》のあのアラガミを、暗示でリンドウに摩《す》り替《か》えていたのね」

「アリサは大丈夫？」

ユウが心配そうに尋ねた。

「私は大丈夫です。ユウやリンドウさん、サクヤさんのおかげです。もう、あんな暗示に負けません」

アリサが静かに、だが力強く答えた。

「エイジス計画が隠れ蓑って……それってどういうことなんだよ!?　ねぇサクヤさん！」

エイジスが完成すれば母と妹を守れる、その一念で死線をくぐってきたコウタが腰を浮かせた。

ヨハネスが特異点に執着していたのは、終末捕喰を回避するためではなく自ら終末捕喰を起こすためだった。

終末捕喰はすべてを喰らい続けたアラガミが最後に行う捕喰行為、星を喰らうことによる生命の再配分システムだ。

終末捕喰が起きれば地球は完全な破壊と再生を迎える。すべての種が完全に滅び、生命の歴史が再構築される。その新しい世界に人類とその遺産を残すための方舟がアーク計画だとヨハネスは語ったという。

無論その席は限られている。すべての人類を次世代に繋ぐことはできない。

人為的に起こした終末捕喰の間、選ばれた優秀な人間だけをエイジスに掻《か》き集めた旧世代の宇宙船で宇宙に疎開《そかい》させる。そうヨハネスは決めていた。そのありがたい席次表とやらがリンドウが入手した名簿だった。

名簿に記載されていたのは各支部の神機使い、エンジニアや科学者、及び彼らの二等親以内の親族およそ一〇〇〇名だ。

榊や第一部隊のメンバーの名前も記載されていた。ヨハネスの計画を暴いたサクヤとアリサは当然このリストから外れたことになる。直《じき》に反逆者として逮捕命令が出るだろう。

「エイジス計画が嘘……？　そんなことって……」

コウタが顔面蒼白でソファに腰を落とすような垂れた。

こいつの分も含め、落とし前は自分がつけねばならない。リンドウ、アリサ、ツバキ、サクヤ、ユウ、ヴィヨン、コーデリア、そしてお袋……あの男に利用されてきた者すべてのために、神機で奴の首を刎《は》ねる。そう心に決めソーマは宣言した。

「俺は元からあの男に従う気はない。それにお前らと違って俺の身体は半分アラガミだ。そんな奴が次の世代に残れると思うか」

ソーマがなにをする気か悟ったのか、サクヤが引き止めるようなことを口にした。

「それでもあなたのお父様は、あなたもリストアップしているわ……」

「知ったことか」

ヨハネスがどういうつもりで、自らがアラガミと呼ぶソーマをリストに加えたのかは知らないが、ソーマはそんな船に乗る気は毛頭なかった。

やるべきことは二つ。終末捕喰の起動キーであるシオを守り、ヨハネスに対して落とし前をつける。それだけだ。

神にでもなったかのように他者の生き死にを選り分ける下衆《げす》な企みは、なんとしてでもこの手でぶち壊す。そのためにはまずシオを渡さないことが先決だ。

サクヤとアリサもヨハネスの計画を潰す気のようだ。二人はユウとコウタに、どうするかはよく考えて自分で決めろと言った。その結果、敵になろうと恨《うら》みはしないと。

自分だけではなく身内の生死も係っている。簡単に決められることではないと慮《おもんぱか》ってのことだ。

サクヤからの通信が途切れた。ユウはうな垂れたままのコウタを振り返った。かける言葉もないようだ。ソーマは二人を残してユウの部屋を後にした。

榊のラボへ行くとモニターに向かっていた榊がソーマの顔を見つめ肩を落とした。

「とうとう、ヨハンが本格的に動き出したようだね……」

「おっさん、あの野郎がなにを企んでたか全部知ってやがったな」

「まぁね……アーク計画はヨハンとアイーシャの三人で作成した試案のひとつだった。終末捕喰は、食物連鎖《れんさ》と生態系のバランスを取り戻そうとするこの星の意志とでもいうべきものだ。一度起きてしまえばしばらくはその荒波から逃れることができる。アークは確かに根治療法ともいえる計画なんだが、人道的な見地から真っ先に廃案にしたんだ。結果エイジス計画が採択された。だが本当に終末捕喰が起きれば、エイジスがあろうがなかろうが人類がおしまいなことはわかっていた。ヨハンはずっとそれを危惧《きぐ》していたよ」

なんでもっと早く言わなかった、と榊を責めても無駄だ。理由はすでに聞いている。

「シオの容態はどうなんだ」

ソーマが尋ねると榊は席を立ちシオの部屋へ向かった。ソーマも後に続く。

薄暗い部屋のベッドの上でシオが横たわっていた。時折その身体にぼうっと紋様が浮き上がる。そのたびにシオは苦しそうにうなされた。

「今は少し落ち着いているが、だいぶ不安定なようだね」

「エイジスでこいつを呼んでるってのは、いったいなんなんだ。宇宙船ってわけじゃあるまい」

「それは……」

榊は言い淀《よど》んだ。

「まだ言えないか？」

「すまない」

ソーマはため息をついた。

いずれにしろソーマ本人とヨハネスに関わることだろう。榊は榊なりにソーマのことを気遣っていることはわかっている。責める気にはなれなかった。

「どうやったらこいつを元に戻せるんだ」

「あの紋様は特異点としての覚醒《かくせい》がはじまっていることを表しているようだ。検査してみたんだが、シオの暴走を抑えられるかもしれない酵素を持ったアラガミ素材があることがわかった。ユウ君と協力して収集してきてくれないか。シオがヨハンの手に渡らなければ、アーク計画は阻止できる」

確かにこのままでは、いつまたシオが自らエイジスに向かって行くかわかったものではない。だがユウはむざむざ未来への切符を捨ててここにやって来るだろうか？　来るに違いない。そういう男だ。

「わかった。博士、シオを頼む」

ソーマははじめて榊を博士と呼び頭を下げた。

それから数日、ソーマはユウと共にシオの暴走を抑えるため、アラガミ素材の収集に奔走《ほんそう》した。

サクヤとアリサは指名手配され調査部が行方《ゆくえ》を追っていた。二人はエイジスへ再び潜入するため何処《どこ》かに潜伏しているようだ。ソーマとユウも尋問されたが、サクヤたちの行方はソーマたちにもわからなかった。

コウタが家族のためにアーク計画に乗ることを決めたとユウから聞き、ソーマはコウタを見直した。正直で誠実だ。コウタはシオのことは誰にも話さないと約束し、休暇を取ると言って実家に帰って行った。

アナグラにいればサクヤやアリサ、特異点の捜索に駆り出されるからだ。袂《たもと》を分かったとはいえ仲間を売るようなことはしない。第一部隊のムードメーカーらしい選択だ。

一方、第三部隊のカレルやシュンはヨハネスの命に従い血眼になって特異点を捜しはじめていた。ジーナはヨハネスの目の前でチケットを破り捨て、一人で外部居住区の防衛に出動したという。

ヨハネスはリストアップしたゴッドイーターや職員たちを呼びつけ、アーク計画に賛同するか否か誓約を求めているらしかった。特異点の捜索を命じられたのは賛同した連中だ。

強制はしない、選択を与えるだけ。六年前に聞いた父の声が思い返された。

方舟のチケットは連判状というわけだ。相手本人のみならず、家族の命も盾に選択を迫り忠誠を誓わせる。実にあの男らしい汚いやり方だ。ヴィヨンもそうやって汚れ仕事を押し付けられたに違いない。

アナグラは早々にチケットを手にする聡《さと》い者、大勢の犠牲《ぎせい》の上に生き延びることに態度を決めかね悩む者、乗船を拒否するセンチメンタルな愚か者、生きる価値がないと決めつけられ嘆《なげ》き憤《いきどお》る者とに千々に裂かれた。

ソーマはヨハネスに呼ばれなかった。呼べばどうなるかわかっているからだろう。

アラガミ素材を手に入れ榊のラボへ戻ると、ラボの床で大の字に寝ていたシオが目を覚ました。

「今の君はシオかい。それとも星を喰らい尽くす神なのかい」

榊が尋《たず》ねるとシオは首を傾《かし》げた。

「ほしは、おいしいのかな」

ソーマは苦笑した。こっちの気も知らず相変わらずのん気なものだ。

「さぁな。こんな腐りきった星なんか喰う奴の気がしれないぜ」

「そっか。でもなんでかな。たまにきゅうにタベタイッテ……」

シオの身体に再び紋様が浮かび上がる。榊が慌ててソーマとユウが集めてきたばかりの食事を勧《すす》めた。

気が気ではなくソーマは唸《うな》った。

「おい、いったいいつまでこの状態が続くんだ」

榊も唸り腕を組んだ。

「彼女の中で二つの心が対立し合っているのかもしれない」

人の心と特異点と呼ばれるアラガミの心だ。

榊はことさらシオを人と同じように扱うことで、人としての心をシオに育ませようとしたのかもしれない。

思えば、終末捕喰を防ぐだけならシオを殺しコアを取り出して破壊してしまえばいい。アーク計画も未然に防げるはずだ。そうせずソーマたちと触れ合わせたあたりに、榊の本当の狙いがあるのかもしれない。

そう思った矢先、鈍い衝撃が走り部屋が暗闇に包まれた。

「なんだ!?」

ソーマは身構えた。即座に目が闇に順応する。隣《となり》で辺りを見回していたユウが叫んだ。

「爆発!?」

「わからない。だけど心配ない。もうすぐ中央管理の補助電源が復旧するはず……」

そこまで言って榊が絶句した。スピーカーからヨハネスの声が響いた。

「やはりそこか、博士」

「ぐわああああ！　しまったあああああ！」

榊が絶叫した。

「ど、どうしたんだ」

「やられたよ。言っただろ、この緊急補助電源だけは中央管理なんだ。この部屋の情報セキュリティもごっそり持っていかれてしまう」

ソーマは愕然《がくぜん》とした。

「……ってことは、まさか親父の野郎に！」

「ああ……完全にばれたね」

次の瞬間、けたたましい警報が鳴り響いた。

〈緊急警報！　極東支部装甲ビル内に外部から識別不能のアラガミの侵入を確認！　偏食場反応複数！　全ゴッドイーターは至急防衛出動、保安部、調査部以外の全職員はセーフルームに避難せよ！　繰り返す……〉

榊が闇の中で飛び上がり、バランスを崩して尻餅《しりもち》をついた。

「アラガミだって!?　まさかヨハン、欧州からあの技術を持ち帰って来たのか!?」

ソーマは榊の手を取り立たせてやった。

「なんだあのってのは！」

「ユウ君やアリサ君たち新型が、感応波でお互い接触交感できるのは知っているだろう？　新型神機の可変機構にも導入されている技術さ。本部にそれを応用してアラガミを操る研究をしている科学者がいるんだよ」

「なんだと……」

ヨハネスがシオを奪うためにアラガミを操っているというのか。だとすれば神機がなければ防げない。神機はここから数百メートル上の整備班の保管庫に保管されている。

だがアラガミが近くに現れた時の不快感は感じなかった。

「ソーマ、神機を取りに行こう！」

ユウがドアに駆け寄り、自動ドアを手動で開けるための非常レバーに手をかけた。暗闇に目が慣れてきたようだ。

ソーマはシオを見下ろした。シオは状況がわからずきょろきょろ辺りを見回している。

「おー？　これ、おまつりってやつか!?」

近くに居ても不快感を感じないシオのような例もある。一瞬ためらったものの、ソーマはユウを追ってドアに駆け寄った。

ユウと重たい金属製のドアをこじ開けながら榊とシオを振り返る。

「博士、シオ！　俺たちが出たらロックして奥の部屋に隠れてろ！」

「よく見えないんだが、やってみるよ。君たちも気をつけてくれ！」

榊は手探りでシオの頭を捜し当て頷《うなず》いた。

通路では警報が鳴り響き非常灯が点《とも》っていた。避難しようと研究員や職員たちが走り回っている。

ラボのドアを閉めている最中に、白衣姿の中年男が叫びながら走り寄ってきた。

「榊博士はご無事ですか!?」

ユウがそいつの前に立ち塞がった。

「ここにはいません！　三〇分くらい前に食堂に行くって言っていました」

ソーマはユウが研究員の気を引いている間に扉を閉めた。男は頷き同僚たちのほうへ走り去って行った。

「榊博士はいない！　早く避難しよう！」

「僕たちも急ごう」

ユウが走り出す。ソーマも後を追った。

ソーマとユウは逃げ惑う職員たちを掻き分け非常階段を駆け上がった。

一〇〇メートルほど上った時、再び微かな爆発音が聞こえてきた。職員たちの悲鳴があがる。

「下……？」

音は確かに階下から聞こえてきた。ソーマとユウは顔を見合わせ、踊り場から奈落《ならく》の底へ続くような足元の暗闇に目を凝《こ》らした。

嫌な予感がする。相変わらずアラガミの接近を知らせる予感はない。中央制御だという非常電源にいつまでも切り替わらないのも気になった。

「戻るぞ！」

「わかった！」

ソーマとユウはせっかく上った階段を駆け下りた。

榊のラボがある階に人気はなく、不気味に静まり返っていた。

ラボの扉が半分ほど開いている。駆け寄ると隙間《すきま》から微かな煙と刺激臭が漏れてきた。成形炸薬の臭いだ。人の気配はない。

「シオ！」

ドアの隙間からラボの中に飛び込む。シオの部屋のドアが開いており、奥からびゅうびゅうと風の唸る音が聞こえた。

シオの部屋の奥の壁に、縦横一・五メートルほどの切り取られたような穴が開いていた。風の音はその先の通風管《ダクト》を空気が流れる音だ。シオの姿も榊の姿もない。

「クソッ！　やられた！」

壁の穴はウォールブリーチの跡だ。ヨハネス配下の調査部の仕業だ。通風管の中をラペリング降下してきて成形炸薬で穴を開け、ここからシオを連れ去った。

アラガミの襲撃もヨハネスのでっち上げに違いない。ソーマとユウをシオから引き離すためだ。ソーマは壁の穴に駆け寄った。上も下も漆黒《しっこく》の闇が続いている。

「シオ！　博士！」

呼びかけた声が虚しく木霊《こだま》しソーマを嘲笑《あざわら》った。ロープのようなものは見当たらない。これでは上へ行ったのか下に行ったのかわからない。

急に部屋の照明が点った。電源が回復したようだ。榊の部屋から、半開きだった通路へ続く扉が閉まる音がした。

「どうして表のドアが開いてたんだろう」

ユウが呟いた。言われてみれば、確かに出て行く時閉めたはずのドアは開いていた。

強襲してきた連中が出て行ったのか……いや、ドアを使う気ならこんな穴は開けまい。

外は避難しようとしている職員で大騒ぎだ。榊かほかの誰かが開けたと考えたほうが辻褄《つじつま》が合う。榊であればとりあえずは無事ということだ。

「今はシオを取り返すほうが先決だ。上か下かどっちへ行ったかはわからねぇが、行き先はあそこしかない」

「エイジス……」

「ああ。だがどうすりゃ入り込める……」

ナイチンゲール一〇四のパイロットなら手を貸してくれるかもしれないが、エイジスは対空砲や対空ミサイルで守られている。空から行けば接近する前に撃ち落とされるのが関の山だ。

通路へ出るとエレベーターの扉が開きサクヤとアリサが現れた。

二人とも外部居住区に潜伏しエイジスに潜り込む方法を探していたが、打つ手なしだとわかりアラガミ騒ぎに乗じて戻ってきたと言った。

どうやらアラガミ襲撃の誤報は、極東支部全体を混乱させアーク計画の搭乗者にリストアップされた人々をエイジスに退避させるためのものでもあったようだ。

サクヤたちを止めるような連中はとっくにエイジスに行ってしまったに違いない。

二人が戻って来たのは心強かったが、エイジスへの道は閉ざされたままだ。

「きっと、アナグラの地下にエイジスへの道はあるよ」

聞き慣れた声に全員が非常階段を振り向いた。コウタだ。第一部隊の全員が、再び一つところに集結した。

コウタは、エイジスにリソースが割かれたため建設が中断されていた地下居住区を見るため、最下層に忍び込んだことがあるらしい。その時巨大な扉を見た。そこから物資を輸送しているはずだと言った。

ソーマたちは保管庫で神機を手に入れ、アナグラの最下層へ向かった。

エレベーターの中で、コウタは榊からシオがさらわれたと知らせを受けたことも明かした。

どうやら榊は捕われもせず無事でいるようだ。

「それで戻ってきたのか。どいつもこいつも馬鹿な奴らだ」

ソーマは苦笑し仲間たちを見回した。

「クールなふりして、一番血の気が多い人に言われたくないんですけど」

アリサが微笑んだ。

「アリサは人のこと言えないんじゃないかなー」

サクヤが横目でアリサを見やり突っ込んだ。

「そんな、それを言ったらサクヤさんだって、一人でエイジスに忍び込もうとしてたじゃないですか」

「あら？　そうだったかしら」

サクヤがすっとぼけると、コウタが肩をすくめた。

「なんかもうあれでしょ。みんなしいたけの背比べってやつだよ」

「コウタ、それどんぐり」

すかさずユウが突っ込んだ。アリサとサクヤが噴き出し、かごの中が笑い声で満ちた。

「いいじゃない。みんなおんなじで」

ユウが言った。シオもソーマにそう言った。

みんなおんなじ。

取り返さなければならない。なんとしても。

10　面影　二〇七一年三月

ソーマたちはコウタのおかげでアナグラの地下プラントからエイジスへ続く輸送路を発見した。輸送路の巨大な扉はロックされていたが、ツバキが現れキーを解除してくれた。

ツバキはフェンリル本部からヨハネスの後任が決まるまで支部長権限を委譲されていた。アーク計画がヨハネスの独断であり、反逆者の烙印《らくいん》を押された証《あかし》だ。

「支部長代行として命令する。ヨハネス・フォン・シックザールを連れ戻し、アーク計画を阻《そ》止《し》してくれ。頼んだぞ……ゴッドイーター」

ツバキのバックアップで、ソーマたちは海底を貫くリニア輸送列車に乗りエイジスに入り込んだ。

ヨハネスはソーマたちが侵入したことをとっくに察知しているはずだ。調査部や保安部の妨害を覚悟したが、人間同士殺しあうような真似《まね》はしなくて済んだ。行く手を遮《さえぎ》る者は誰も現れなかった。

直径二〇〇メートルほどの円形をした中枢部に到達したソーマたちは、信じ難いものを目にした。黒い逆しまになった巨大な女の顔が浮いている。

女の髪は触手のようにうねくり、中枢部の全天を屋根のように覆《おお》っていた。いや、髪と見えたものは触手だった。髪の代わりに列車ほどの太さもある触手が無数に頭から生えていた。顔の造作《ぞうさく》自体は美しい。神々《こうごう》しいとさえ言える。だがその姿は煉獄《れんごく》の女神のごとき禍々《まがまが》しさを放っていた。そしてなにより、ソーマによく似ていた。

「お袋……？」

ソーマは悟った。見たことはない。だがこれは母だ。

頭の中でこの六年間組み立てられなかったパズルのピースがすべて合わさった。

ヴィヨンのアタッシュケースに入っていたもの。

核爆発と共に膨大《ぼうだい》なオラクルを捕喰《ほしょく》し消えた謎《なぞ》の触手。

光の中で聞いた温かい声……。その正体はこいつだ。母の成れの果てだ。

ヨハネスは一八年前、ソーマを生んでアラガミとなった母のオラクル細胞を大事にしまい込み、育てていたに違いない。

いったいなにに。

ノヴァ。終末の獣——

こともあろうに、父は母を終末捕喰をもたらすノヴァに仕立て上げたのだ。胃から逆流してきたものをソーマは必死に飲み込んだ。

その母の額《ひたい》に開いた肉質の裂け目に、半ば埋め込まれるようにシオが囚《とら》われていた。地上二〇メートルほどの位置だ。意識がないのか目を閉じている。

シオのすぐ脇に伸びた作業用クレーンの上で、ヨハネスが妻とシオを見つめていた。

「シオ！」

「涙のたむけは、われが渇望《かつぼう》するすべてなり……か」

ソーマが叫ぶと、ヨハネスが古代ギリシアの詩人ホメロスの詩をそらんじた。

ヨハネスが振り返りソーマを見下ろした。

「ソーマ、ずいぶんこのアラガミと仲が良かったようだな。愚かな選択というものだぞ、息子よ」

ソーマは背を丸め、声の限りに叫んだ。そうしなければ気が狂ってしまう。

「黙れ！　てめぇを親父と思ったことはない！　シオを解放しろ！」

ヨハネスが肩越しにシオを振り向いた。

シオがびくっと痙攣《けいれん》し、黒い女神の額の裂け目が金色《こんじき》に輝く。光は触手の至るところへ伝播《でんぱ》していった。

「よかろう。特異点が手に入った今、器などに用はない」

ヨハネスの無慈悲な声が響き、シオが地面に落下した。ソーマは走った。シオを受け止めようと手を伸ばす。だが届かない。シオは頭から鉄の床に落ちた。

ソーマは駆け寄りシオの身体を胸に掻《か》き抱いた。頬《ほお》に手を触れる。冷たい。

「シオ、おいシオ！　目を開け！　こんなの……ちっとも偉かねぇぞ！」

睫《まつげ》の長い、どこから見ても人間の少女のようなつぶらな目は開かなかった。

頭上で感極まったような、どこか疲れたようなヨハネスの声が響いた。

「長い……実に長い道のりだった。ノヴァの母体を育成しながら世界中を駆けずり回り、使用に耐えうる宇宙船をかき集め……選ばれし千人を運ぶ計画が今、この時をもって成就《じょうじゅ》する」

黒い女神の向こうに見える夜空へ、轟音《ごうおん》と爆煙の尾を引き幾筋もの光の柱が伸びていく。宇宙《そら》へ昇る人々の船だ。

ヨハネスが顎《あご》を上げ叫んだ。

「今回こそ私の勝ちだよ！　そこにいるんだろう？　ペイラー」

ユウたちの背後の物陰から榊《さかき》が現れた。

「やはり遅かったみたいだね……」

ヨハネスが榊を糾弾《きゅうだん》するかのように指差した。

「我々は今この一瞬ですら、存亡の危機に立たされ続けている。星を喰らうアラガミ、ノヴァが出現すればその時点でこの世界が消え去るのだ。それはいつだ。数百年後か？　数時間後か！　やがては朽《く》ちるエイジスに身を隠し終末を待つなど、私はごめんだ。避けられない運命だからこそ、それを制御し選ばれた人類を次世代に向け残すのだ！　君が特異点を利用して行おうとしていたことも、結局は終末を遅らせることでしかない。違うか、博士」

ヨハネスの言葉の意味がわからず、ユウやサクヤたちが榊を見やる。榊は眼鏡《めがね》を押し上げヨハネスを見上げた。

「私は限りなく人間化したアラガミを生み出すことで世界を維持しようと考えた。完全に自律し捕喰本能をもコントロールできる存在として育成していくことで、終末捕喰の臨界手前で留保し続けようと試みた」

榊がユウたちをわずかに顧《かえり》み顔を伏せた。

「そしてそのためにシオと君たちを利用してしまった。許してくれ……」

ヨハネスが同情するように言った。

「アラガミとの共生か。むかしからそうだ……君は科学者としてはロマンチストすぎる」

「そういう君も、人間に対して悲観主義者《ペシミスト》すぎたんじゃないのかい」

榊とヨハネスの視線が交錯した。

「少し違うな博士。確かに私は人間という存在にはとうに絶望している。だが私は知っているのだ。それでも人は賢《さか》しく生き続けようとすることを。アラガミやノヴァとなんら変わらないその本能、飽くなき欲望の先にこそ人の未来も拓かれてきたことを」

榊が再び顔を伏せた。

「これ以上は平行線だね。いずれにせよ、シオの特異点が摘出されてしまってはもう私に打つ手はない」

「そう悲しむことはない。この特異点は次なる世界の道標《みちしるべ》として新たな摂理を指し示すだろう。それは定められた星のサイクル、いわば神が定めたもうた摂理だ。そしてその頂点にいるものは、新たな世界にあっても人間であるべきなのだ！」

鉄の床が開き、ヨハネスの足元に巨大なコアのようなオレンジ色の球体がせりあがってきた。コアが花びらのように開くと、中には後光のような冠を戴いた白い女の巨人が立っていた。全身は金属のような光沢を放ち、手足の関節部は筋繊維がむき出しになっている。長い髪は鋭い刀剣のように幾筋かの束になり床に伸びていた。

顔は黒い女神と同じ母の顔だ。鋼の操り人形……ソーマにはそう見えた。これも母のオラクル細胞から創り出したアラガミに違いない。

操っているのは後ろの白い醜悪《しゅうあく》な化け物だ。白い化け物は、まるでフェンリルのエンブレムの戯画のようだった。

肩や首はなく、狼《おおかみ》を思わせる顔からすぐ禍々《まがまが》しい爪を伸ばした剛腕が二本生えている。本来胴体があるべきところには大きな丸い穴が開いており、核融合炉の炉心を思わせるピンク色の光が渦巻いていた。

どういう原理かは知らないが、足もなく空中に浮いている。たぶん偏食場の応用だろう。

白い魔狼《まろう》は男が女を愛《いと》しむように、背後から鋼の女神を抱いていた。

「そう、人間は……いや、我々こそが神を喰らう者なのだ！」

ヨハネスが魔狼の口の中へ身を躍《おど》らせた。アラガミと融合してでもソーマたちを排除し、終末捕喰を完遂《かんすい》しようというのだろうか。

榊が搾《しぼ》り出すような声で言った。

「人が神となるか、神が人となるか……この勝負、とても興味深かったけど負けを認めるよ。今や君はアラガミと変わらない」

榊は、神話から抜け出した男女合一のカリカチュアのような友に背を向けた。

「科学者が信仰に頼るとは皮肉なことだが、今は君たちを信じよう、ゴッドイーターたちよ」

榊が去り、ソーマはシオの亡骸《なきがら》を横たえ立ち上がった。

ユウが、サクヤが、アリサが、コウタが、それぞれの思いを胸に神機《じんき》を構える。

ソーマは目を閉じ、長く震える息を吐き出した。神機を握る手に思いと力が宿る。

ソーマは目を開き、変わり果てた父と母を見据えた。

「お前ら……背中は預けたぜ」

そう仲間たちに呼びかけ、ソーマは神機を振りかぶり床を蹴った。

つがいの神との死闘は熾烈《しれつ》を極めた。ヨハネスだったものは腹の穴から熱線を放ち、巨大な腕を振り回しソーマを打ち据《す》えた。

アイーシャだったものは後光のような冠を掲げ、体内で励起《れいき》した光線を放ち周囲のあらゆるものを焼き切った。光線や熱線をかわしても、アイーシャの鋼《はがね》の刃のような髪がソーマたちを輪切りにしようと襲いかかる。

距離を取ればアイーシャは蜘蛛《くも》のように四肢《しし》をつき猛スピードで突進してきた。

今までのアラガミなど及びもしない圧倒的な力だった。

「うわっ！」コウタが魔狼の放った光弾をもろに喰らい吹っ飛んだ。

「コウタ！」ユウが倒れたコウタの元へ走る。

その背に魔狼が追いすがり巨腕を叩きつけようと振りかぶった。アイーシャはサクヤとアリサが引き付けている。ソーマは魔狼を追った。

「てめぇの相手は俺だ！」

神機を捕喰形態に変形させ魔狼が振りかぶった右腕の肘《ひじ》に喰いつかせる。

ソーマは雄叫びをあげ渾身《こんしん》の力で神機を引いた。

ワニが噛みついた相手を引き裂くように手首を返して神機を捻《ひね》ると、ぶちぶちと筋繊維が断たれる音を立て魔狼の右腕が千切れた。

力ずくで振り向かされたアラガミがヨハネスの声で悲鳴をあげた。

「ソーマアアア！」

ソーマの神機が父の腕を咀嚼《そしゃく》する。

「あん時の言葉、忘れたとは言わさねぇ……」

「無論だ……やってみせろ！」

ヨハネスが残った剛腕を振り上げた。その掌《てのひら》が高周波で振動し周囲の空気が歪む。

「神機解放《バーストモード》！」

神機がたった今捕喰したヨハネスのオラクルを糧《かて》にバーストモードに突入した。

神機とつながる腕輪を通して大量の偏食因子が体内に流れ込み、ソーマの血流と神経伝達物質の流れを加速させた。筋力、動体視力、反射神経が爆発的に増幅し、ヨハネスの振り下ろす腕がやけにゆっくり見えた。

ソーマはその腕を横にステップしてかわし、近接武器形態《ブレードフォーム》に変形させたイーブルワンの刀身を肘に叩きつけた。硬く結合した表層のオラクル細胞を突き破り、ソーマの刃がヨハネスの残った左腕も断ち切った。

「そうだ、やってみせろ！　息子よ！」

ヨハネスの雄叫びも回転数を落とした大むかしのレコード音のように聞こえた。

ソーマは地に落ちた父を生きながら解体し続けた。

神機の一振りごとに魔狼の身体を切り刻み、オラクル細胞を削り取った。

一振りごとに視界はぼやけ、頭の中は冷えていった。一撃ごとにこれまでのことが頭を過《よ》ぎり、一歳ずつ子供に戻っていく気がした。

熱いものが頬を伝わり、ソーマはぼそりと呟《つぶや》いた。バーストモードはとうに尽きていた。

「首なんか、どこにもねぇじゃねぇか……クソ親父」

ソーマは神機を振りかぶり、魔狼の顔面に深く深く突き立てた。父の痙攣《けいれん》が収まると、ソーマは神機を引きずり荒ぶる母の現し身へと向かった。

ヨハネスとアイーシャだったものを倒してもノヴァは止まらなかった。

髪のような触手は際限なくどんどん伸びていく。おぞましい触手はエイジス中枢部の眼下に広がる装甲都市を飲み込み、作りかけの装甲壁も乗り越えてエイジスの外へと広がりだした。

「アラガミの行き着く先、星の再生……やはりこのシステムに抗《あらが》うことはできないようだ」

榊がノヴァに捕喰されていく偽《いつわ》りの楽園を見下ろし静かに呟いた。

「ふざけるな！　そんなこと認めねぇぞ！」

ソーマは叫んだ。今さら自分がどうなろうとかまわない。だがアラガミから人々を守れと言った母とシオが、世界を喰い尽し滅ぼすさまなど見たくはなかった。

「ありがとね」

突然シオの声が響き、ソーマたちは愕然《がくぜん》と辺りを見回した。

「まさか、ノヴァの特異点となっても人の意識が残っているなんて……」

榊が呆然《ぼうぜん》とノヴァを見上げた。ノヴァが空へと徐々に上昇していく。

「おそらのむこう。あのまあるいの。あっちのほうがおもちみたいでおいしそうだから」

「シオ、お前……」

ソーマはシオがなにをする気か理解した。ノヴァを月へ持って行く気だ。

「いまならわかるよ。だれかのためにいきることも、だれかのためにしぬことも、だれかをゆるすことも。それがみんなにおしえてもらった、ほんとうのにんげんのかたち」

「シオ……」

サクヤが絶句し、コウタが叫んだ。

「なに言ってんだ、戻ってこいよ！」

「シオもみんなといたいから、きょうはさよならするね。みんなのかたち、すきだから。えらい？」

「ぜんぜん、偉くなんかないわよ！」

アリサが泣き崩《くず》れた。

「へへ、ごめんなさい。もういかなきゃ……おきにいりだったけど、そこのおわかれしたがらないわたしのかたちを、たべて」

鉄の床に横たわるシオの亡骸《なきがら》は、まだノヴァと神経繊維のようなものでつながれていた。

元の身体が碇《いかり》のようにノヴァをつなぎ止め飛び立てない。シオはそう言っていた。

「そーま、おいしくなかったらごめん」

シオは思いの鎖を断ち切る役目をソーマに託した。

「……独りで勝手に決めやがって」

長い沈黙の後、ソーマは震える声を絞り出した。泣きそうなガキのようだ。情けない。

「おねがい。はなれててもいっしょだから」

シオの声に、ユウがソーマを見て頷いた。目に涙をためている。

どうすべきかはわかっていた。ソーマはシオの亡骸に歩み寄りながら、神機を捕喰形態へと変形させた。

イーブルワンはシオの亡骸をひとのみで捕喰した。

ソーマは蠢《うごめ》き咀嚼《そしゃく》音《おん》をあげる神機から顔を背けた。固く目を閉じる。この音と手に伝わる感触は一生忘れまい。

「ありがと、みんな」

シオの声に目を開く。ソーマの神機は天使の羽のように真っ白に変わっていた。シオの色だ。

ノヴァは喰い足りないと恨めしげに蠢く触手を道連れに、夜空に輝く月を目指し天に昇って行った。

辺りに雪のように真っ白なオラクル細胞の欠片《かけら》が降り注ぐ。ノヴァとなったシオと母の欠片だ。

そのひと欠片を手に乗せると、ソーマの視界がぐにゃりと歪んだ。

11　帰還　二〇七四年七月

唐突《とうとつ》に今までいたエイジスが光のごとき速さで遙か彼方《かなた》に遠のき、暗闇がソーマを押し包んだ。

絡みつくような闇が一八歳だったソーマの青いハーフコートや服を剝《は》ぎ取り裸にした。

ソーマは自分が死にかけていたことを思い出した。

アリサと共に建設中のサテライト拠点を訪れ、ウコンバサラの群れを撃退したものの、はじめて見る感応種に派手にぶちのめされた。どうやら長い夢を見ていたようだ。

「走馬灯ってやつか……」

ソーマは闇の中で己の手を見つめた。

一八の頃より少し大きい。二一歳になったソーマの身長は三年前よりさらに四センチも伸びていた。だが、それもここで終わりだ。

「リンドウも、もうやっかまなくて済むな」

ソーマは呟《つぶや》き口元を緩《ゆる》めた。結局一八二センチのリンドウにあと一センチ届かなかった。

リンドウがみなの元に帰って来たのは、アーク計画が本部によって揉《も》み消された後の話だ。

ヨハネスがアリサとアラガミを使って葬《ほうむ》ったはずのリンドウは生きていた。ディアウス・ピターに腕輪を壊されアラガミ化に苦しんでいたところを、ソーマたちに出会う前のシオに救われていたのだ。

完全にアラガミ化したリンドウを最後に救ったのはユウだった。

「生きることから逃げるな……か」

殺せと言うリンドウに向けユウが放った言葉だ。この言葉とユウの一撃がアラガミと化したリンドウを救った。

自分も逃げるつもりはないが、どうやらもう手遅れのようだ。この闇はあの世へ続くトンネルというやつだろう。

開いたままの掌《てのひら》に、白い雪片のようなものが一片舞い降りてきた。怪訝《けげん》に思い見上げると、漆黒《しっこく》の闇の中から一片、また一片と降り注いできた。

ソーマはいつの間にか、三年前エイジスで見たのと同じ降り注ぐオラクル細胞の欠片《かけら》に包まれていた。ソーマは雪のように舞うオラクルの向こうに、仲睦《なかむつ》まじく寄り添う父と母の姿を見て目を見開いた。

これは母とシオのオラクルが見せている感応現象なのか。それとも、死に向かう己の無意識が見せた幻なのだろうか。

まだ若い父母は白衣の上にコートをまとった姿で、落ち葉の舞う並木道を散策《さんさく》していた。

やや後ろに背の低いガラス張りのビルが見える。ビルにはフェンリルの文字が見えた。まだアラガミの猛威《もうい》が及ぶ前の研究所の敷地かどこかのようだ。

「こんなに幸せでいいのかしら」

長い黒髪のストレートヘアに浅黒い肌。インド系らしい美しい顔立ちに眼鏡《めがね》をかけた母は、そう言って傍《かたわ》らのヨハネスを見上げた。

「どんな世界、どんな時代でも幸福を望むのが人の性《さが》さ。神が人間に与えたもうた祝福だよ。罪に思うことはない」

母が父の肩に頭を預けた。父はその頭を優しく撫《な》でた。

「こんな時代、こんな世界だからこそ、私たちで生まれてくる子供たちの未来を切り開こう」

「そうね」

「誰もがアラガミに怯《おび》えることのない世界を取り戻すんだ。そして、大人になった私たちの子供と君の好きなシャンパンを一緒に飲もう。それが私の夢だよ」

あと八年、生き延びることができたらお前にやろう。九年前、最初で最後の晩餐《ばんさん》の席で父が漏《も》らした言葉がソーマの耳の奥で蘇《よみがえ》った。

「もう、気が早いのねヨハン。お酒が飲める子かどうかもわからないわ」

そう笑った母の腹はまだ膨《ふく》らんでいない。ソーマを宿してそう日も経っていないのだろう。

「飲めるさ、私と君の子だよ？　その子が成人したら、生まれ年のシャンパンやワインをたくさんプレゼントしよう！」

ヨハネスは屈託《くったく》のない笑みを見せながら、アイーシャを両腕に抱きかかえ舞い散る落ち葉の中をくるくると舞った。

そんな二人の姿を血しぶきが掻《か》き消した。

手術室のベッドの上でのたうつ半分人のような形をした肉塊《にくかい》が長い触手を振るうたび、辺りで人の首や上半身が宙を舞った。

肉塊は捕まえた医師や看護士の身体を捻《ひね》り引き千切っては、おぞましい口元へ運んだ。人が砕かれ飲みこまれるたびに、肉塊はぶくぶくと肥え太っていく。

その様を見てヨハネスが気も狂わんばかりに絶叫した。

「アイーシャ、やめろ！　やめてくれ！　喰らうなら私を喰らえ！　頼む、ソーマは！　ソーマだけは！」

ヨハネスがアイーシャの成れの果てに駆け寄る。死に物狂いで肉塊を掻き分け前に進んだが、父は溺《おぼ》れるように飲み込まれていった。

部屋を満たすまでに膨らんだ母の肉体は、やがてぐずぐずの粘塊《ねんかい》と化し溶け崩れていった。

その後には、しっかりとソーマを抱きしめたヨハネスがうずくまっていた。

赤子のソーマが、ヨハネスの胸元で揺れている鈍色《にびいろ》の小さなプレートに手を伸ばした。

プレートの中央には琥珀《こはく》があしらわれている。その琥珀を囲むようにオレンジ色の光が瞬《また》いていた。偏食因子の輝きだ。

ヨハネスは以前、榊《さかき》が自分とソーマの命の恩人だと言っていた。あのプレートは榊が贈ったものに違いない。琥珀は欧州では古くから安産のお守りとされている。あれのために父は母に喰われずに済んだのだろう。

「アラガミめ……」

肩を震わせヨハネスが呟《つぶや》いた。

「アラガミめ！　一匹残らず……根絶やしにしてくれる！」

ヨハネスは絶叫し、赤子のソーマを床に叩きつけようと頭上に掲げた。

赤子のソーマは、なおもお守りを掴《つか》もうと父の胸元に手を伸ばし無垢《むく》な声をあげていた。

ヨハネスの手がぶるぶると震える。

やがてヨハネスは再びソーマを胸に掻き抱き、子供が駄々をこねるように何度も力なく頭を振った。

「くう……うう……うう……アイーシャ……」

嗚咽《おえつ》をあげ啜り泣く父の姿は、オラクルの雪の彼方《かなた》に掻き消されていった。

自分は望まれていなかった子ではなかった。

愛されていなかったのでもなかった。

父の行動は、母とソーマを、人間を深く愛するが故《ゆえ》のものだった。

多くの者を切り捨て人類の種を未来に残す。文字どおり身を切る決断だったに違いない。それはある意味では正しく、ある意味では悪鬼《あっき》の所業《しょぎょう》だ。

ソーマは、なぜヨハネスがエイジスでアラガミとなり立ち塞《ふさ》がったのか理解できた気がした。ヨハネスの勝利はシオから特異点が摘出された段階で決していた。シオの意識が残っていなければ終末捕喰《ほしょく》は完遂《かんすい》していた。ソーマたちにできたことはなにもなく、父がソーマたちと戦う必要もなにもなかった。

けじめだったに違いない。ソーマたちの名が記された方舟《はこぶね》の乗船名簿に父の名はなかった。はじめから乗るつもりなどなかったのだ。

母と同じアラガミとなり、人類の敵としてソーマの手によって倒される。その手に、人類の未来と遺産を託して。

裸で佇《たたず》むソーマの肩に、背後から純白のコートがかけられた。振り向くと父が立っていた。

「親父……」

「ゆけ、ソーマ」

ヨハネスは笑みを浮かべた。有無を言わさず面倒を押し付ける、あの不敵な笑みだ。

自分は間違いなく、この傲慢《ごうまん》でいけすかない、人一倍強くて脆《もろ》い男の子供だ。認めないわけにはいかない。

父の背後の遙か彼方に光が見える。ソーマはコートの袖に腕を通しながら、父の横を通り過

ぎ光の元へ歩き出した。

「ああ。後は任せてもう眠れ……クソ親父」

憎まれ口とともに、歩み去るソーマの目から溢《あふ》れた涙の粒が闇の中に散った。

「涙のたむけは、われが渇望《かつぼう》するすべてなり……それでいい、息子よ」

背後で響く父の声は、母に語りかける若かりし頃のように柔らかかった。


光に包まれ闇が白く弾ける。気づくと視界の半分を占める地面と、遠くに横たわるアリサが見えた。

自分が顔を横に向け、うつ伏せに倒れているのだと理解するまで数秒かかった。

アリサは穴だらけにされた装甲壁の大穴のひとつで、倒れ伏した時の姿のままだ。

どれほど時間が過ぎたのかはわからないが、まだ喰われてはいない。ソーマが意識を失っていたのはほんのわずかの間だろう。

ソーマは小刻みに震える首をわずかに動かし敵の姿を求めた。

頭上一〇メートルほど先に、地面に舞い降りた妖鳥がいた。ソーマはそいつの周囲で起きている事象に目を見張った。

ソーマたちが倒したウコンバサラの身体が砂のように崩れ、吸い寄せられたオラクル細胞の粒子が妖鳥の周囲で幾つも渦を巻いている。

オラクルの渦はどんどん凝縮《ぎょうしゅく》されてコアになり、やがて二歩足で立つ鳥とも恐竜ともつかないアラガミになった。

オウガテイルに酷似《こくじ》しているが、妖鳥と同じく全身がターコイズブルーの羽毛で覆われている。目もない。

おそるべき妖鳥は周囲のオラクル細胞を集め子供を生んでいた。こんな非常識な奴は聞いたこともない。どこまでも型破りなアラガミだった。

渦から生まれたオウガテイルモドキたちは、咆哮《ほうこう》をあげるとサテライト中に散っていった。

ようやくここまで作り上げた人類の新たな揺りかご《クレイドル》と、非戦闘員たちを喰らい尽くす気だ。

「ふざ……けるな……」

ソーマはうつ伏せのまま、左手を腰のベルトに伸ばした。身体が思うように動かない。震える左腕の動きは亀の歩みのようだ。

右腕はあらぬ方向にひん曲がり、肘《ひじ》から骨が飛び出していた。まだ神機《じんき》を握り締めてはいるが、偏食場パルスの影響下にある今のままではただの鉄屑《てつくず》だ。

一撃。

あと一撃振るえるだけの力と隙《すき》が欲しい。

左手が硬い金属筒に触れた。スタングレネードだ。

子作りを終えた妖鳥がアリサを振り向いた。

こっちへ来い！　喰うなら俺を喰らえ！　そう叫んだつもりだったが、擦《かす》れた苦鳴《くめい》が漏《も》れただけだった。

妖鳥が悠然とアリサに歩み寄る。

ソーマはベルトに挿していたスタングレネードをなんとか口元まで運ぶと、歯でピンを抜き妖鳥のほうへ放り投げた。

思ったほど飛ばずソーマのすぐ目の前で眩《まばゆ》い閃光が弾けた。それでも効果範囲内にいた妖鳥が甲高い鳴き声をあげ、翼を手のように地面についた。

妖鳥が発する偏食場パルスが途切れた。

その途端、イーブルワンの柄の上にあるコアが鈍く輝き神機が振動した。

人為的に調整されたコア、アーティフィシャルCNSはソーマが命じてもいないのにバーストモードに移行した。

シオが残した純白の神機の刃で、映りこんだ頭上の月が輝いていた。

妖鳥が現れる前にさんざん捕喰したウコンバサラのオラクルから、腕輪を通して偏食因子がソーマの体内に流れ込む。痛みが消え活力が蘇《よみがえ》った。

ソーマは身を起こし、左腕で折れた右腕を強引に元の角度に捻《ね》じ曲げた。激痛が月に咆《ほ》える飢狼《きろう》の遠吠えとなって口から溢《あふ》れ出た。

見てろシオ。

見てろ親父。

見てろお袋。

俺は俺のやり方で、人間《なかま》を永らえさせる。

ソーマは神機を振りかぶり妖鳥に向け地を蹴った。

妖鳥が身を起こす。白光がその首を薙《な》ぎ、妖鳥の首が地に落ちた。

ソーマに首を断たれてなお、妖鳥の身体は羽ばたき空へ舞い上がろうとした。その首なしの身体と翼に無数の弾痕《だんこん》が穿《うが》たれる。

「くたばれ！」

神機の制御を取り戻したカレルの援護だ。

まだ上昇する妖鳥の身体の中心を、重い衝撃波が貫く。遅れてきた轟音《ごうおん》がジーナの健在を告げていた。

妖鳥の身体がくの字に折れる。ついに巨体は墜落《ついらく》し大地を揺らした。

〈ブルズアイ《命中》〉

通信機から淡々と響くジーナの声に、ソーマは安堵《あんど》し膝《ひざ》を突いた。

「そのまま休んでろ」

カレルがファーストエイドキットを投げて寄こし駆けて行った。

サテライト拠点に散ったオウガテイルモドキたちを始末するためだ。すでにシュンが追っているらしい。遠くからシュンの声とジーナの銃声が聞こえた。

連中に任せておけば大丈夫だ。ソーマはファーストエイドキットを拾い、アリサの元へ足を引きずり歩み寄った。

アリサの白い仕官服の背中に描かれた、クレイドルのエンブレムが深紅《しんく》に染まっている。魔狼《フエンリル》が、平和の象徴であるオリーブの葉に囲まれていてもなお血を欲しているかのように見え、ソーマは軽く首を振った。

「アリサ」

屈みこんで口元に耳を寄せる。浅い傷ではないが息はある。続いて下顎の下に指先を押し当て、総頚動脈《けいどうみやく》の脈拍を確かめた。弱っているが脈もある。まだ間に合う。

だがアラガミの掃討《そうとう》が終わっていない。救護班はまだ呼べない。

死なせはしない。

ソーマはファーストエイドキットから軍用の医療《い りよう》鋏《ばさみ》を取り出し、アリサの服を襟首《えりくび》から縦に裂いていった。一刻も早く傷口からの出血を止めなければならない。ためらっている余裕はない。

バーストモードが切れてからほとんど片腕が使えないので苦労したが、なんとかやり遂《と》げた。妖鳥の氷の羽に傷つけられたアリサの肌が顕《あら》わになる。

妖鳥本体が死んだせいか、刺さったはずの羽は消えていたが傷口は無残《むざん》にうじゃじゃけていた。羽のオラクル細胞が捕喰したに違いない。

ソーマは消毒液に浸した殺菌包帯を強く傷口に押しあてた。途端に布が紅く染まっていく。

「くう……」

アリサが呻《うめ》き長い睫《まつげ》を震わせる。別の布を血で染まった包帯の上に重ね傷口を押さえ続けていると、アリサが薄っすらと目を開けた。

「ソー……マ……」

「喋《しゃべ》るな。もうすぐカレルたちが掃除を終えるはずだ。そうしたら救護班を呼んでやる」

うつ伏せのままのアリサは、ゆっくり目だけを動かし辺りを見回した。ソーマがだらんとぶら下げたままの右腕に気づき、目を見開く。

「腕……」

「気にするな。三日もすりゃ治る」

痛みは別だ。ソーマは抗議でもするように襲ってきた激痛に口元を歪《ゆが》めた。

「無理……しちゃって……」

アリサが薄く微笑《ほほえ》んだ。

今はこんな傷よりアリサに伝えなければならないことがある。ソーマは真顔でアリサの横顔を見下ろした。

「アリサ……すまなかった」

アリサが眉根《まゆね》を寄せた。

「どう……したん……です?」

「今まで、お前やリンドウやユウたちに、親父のことを詫《わ》びていなかった」

アリサがなにか言いかけ唇を開き、苦痛に顔を歪めた。

「黙って聞いてろ。榊のおっさんももう年だ。いずれ誰かが、この穴を塞《ふさ》ぐ研究を引き継がなきゃならない。頭を下げるのは、俺のけじめだ」

ソーマの内心を察したのか、アリサはわずかに驚いたような顔をした後、柔らかく微笑んだ。

父の跡を継《つ》ぎ科学者となる。ソーマはそう心に決めていた。

月の女神が戻ってこられる場所を残すため、科学者となり残された人々の揺りかごを守る。かけがえのない仲間を迎えに行ける、その日まで。

ソーマはアラガミが開けた大穴の先に広がる、果てしない荒野に目を向けた。

人類が行き着く先はまだ見えないが、空に浮かぶ月が自分と人々が歩むべき道を照らしてくれている、そんな気がした。

12　人類の宝　二〇七四年七月末

ソーマが、アリサ、リンドウ、コウタを伴《ともな》い支部長室を訪れると、榊《さかき》が眉根《まゆね》を寄せた。

「どうしたんだい、みんなして急に」

「チョリーッス！」

コウタがガキのような挨拶《あいさつ》をして手を挙げた。第一部隊の隊長となり、後輩たちの面倒を見るようになったコウタもこの面々の前ではむかしのままだ。

「宝探しですよ。宝探し！」

アリサが胸を張った。サテライト拠点で負った傷はすっかり癒《い》えたようだ。

「宝探し？」

怪訝《けげん》な様子の榊をよそに、リンドウが無遠慮《ぶえんりよ》に部屋を見回した。

「おいソーマ、ほんとにここにあるのか？」

クレイドルの白い仕官服を着たリンドウの右腕は、肘《ひじ》から指の先まで金色のガントレットで覆われていた。

「邪魔するぞ、博士」

アラガミ化により変質した腕を隠すためだ。今のリンドウはシオと同じように己の腕を神機に変えることができる。まったく、どこまでも人間離れした奴だ。

「倉庫も資料室も、ほかは粗方《あらかた》ひっくり返した。本部に押収されてなきゃ、この部屋のどこかにあるはずだ」

榊はソーマの言葉でぴんときたようだ。

「ヨハンの持ち物だね……いったいなにを探してるんだい？」

「酒だ。大人になったらやるから飲んでみろって言ってやがった」

ユウとサクヤとも分かち合いたかったが、ユウはまだ欧州だしサクヤは子育てで忙しい。リンドウとサクヤの間には二歳数カ月になる子供がいた。

榊が天井を仰《あお》ぎ遠い眼差しをした。

「シャンパンだね……アイーシャが好きだった」

我に返った榊が部屋を見回した。

「だけど、見たことはないな。押収されたヨハンの持ち物の中にもなかったはずだ」

現在、支部長室は支部長代理の榊が執務《しつむ》で使用している。ヨハネスの私物はほとんど本部に押収され目立ったものは残っていない。あの絵以外は。

ソーマは壁に残されたままのカルネアデスの板の絵に歩み寄った。

「その絵はヨハンの思い入れがあったものだからね。監察官に無理を言って残してもらったんだ」

嵐の海に残された一枚の舟板。今の世界がこの絵に描かれた荒海ならば、この舟板も人類に残されたただひとつの宝と言えるだろう。

ソーマは額縁に手をかけ絵を外した。絵の裏の壁に埋め込まれるようにして、五〇センチ四方の四角い扉があった。思ったとおりだ。

扉には一二度を示すデジタル温度計が付いていた。小型のワインセラーだ。

「そんなところに……」

榊が呟《つぶや》きソーマは口元を緩《ゆる》めた。自然と笑みが漏《も》れる。

「隠し事が好きな、あの親父らしいぜ」

「おお、今夜は酒盛りだな！」

リンドウが喜ぶとコウタとアリサもハイタッチした。

「やったー！」

「だめだめ、お前らはまだ未成年だろうが」

リンドウがガントレットに覆われた右手を振った。

「えー!?　そりゃないでしょ！」

「そんなぁ！　私だって人類の宝っていうのを味わってみたいですよ！」

コウタとアリサが口を尖《とが》らせ抗議した。

「あと三年だろ？　大人になるまで待てよ」

「二年です！」

コウタとアリサが声を揃えて訂正した。数字にいい加減なリンドウの性格は相変わらずだ。

ソーマはセラーの扉を開けた。一二本ほどボトルが並んでいる。今度第二サテライトに行く時、ジーナたちにも一本持っていってやろう。連中には借りがある。

一本取り出し、ボトルのエチケットを見て軽く驚いた。ソーマが手にしたのは、あのぶどうジュースと同じボトルだった。

「親父の奴、こんなものまで……」

製造年月日は九年前。一二歳のソーマが気に入ったのを見て、後から足したものだろう。

万感の思いが込み上げソーマは目を細めた。

少ししてため息のような薄い笑みを漏《も》らし、アリサたちを振り向いた。

「お前ら用のものもあるぜ。俺のお気に入りだ。味は保障する」

そう言ってボトルを掲《かか》げ、ソーマはくつろいだ笑みを浮かべた。

了

GOD EATER 2

※画像はPS Vite版のものです

機種●	PS Vite版　PSP版　DL版
メーカー●	バンダイナムコゲームス
ジャンル●	アクション
定価●	パッケージ版／ダウンロード版ともに5,980円(税込)
発売日●	2013年11月14日

プレイヤーは“アラガミ”と呼ばれる謎の生命体を相手に、唯一対抗することのできる兵器“神機”を操り戦っていくドラマティック討伐アクションゲーム。前作『ゴッドイーター』『ゴッドイーター バースト』に続くシリーズの最新作となり、新キャラクターはもちろんのこと、新たなアラガミやフィールド“神機”の新パーツが追加されるなど、すべての要素がパワーアップされた完全新作だ。

●箕田貞利　著作リスト

「二次元ドリームフィーバー」（ＫＡＤＯＫＡＷＡ刊）

本書に対するご意見、ご感想をお寄せください。

■

あて先

〒102-8584 東京都千代田区富士見1－8－19
アスキー・メディアワークス 電撃ゲーム文庫編集部
「箕田貞利先生」係
「片桐いくみ先生」係

■

電撃文庫

GOD EATER 2

moonlight mile

箕《み》田《た》貞利《さだとし》

発行	2014年2月8日　初版発行
発行者	塚田正晃
発行所	株式会社KADOKAWA 〒102-8177　東京都千代田区富士見2-13-3 03-3238-8521（営業）
プロデュース	アスキー・メディアワークス 〒102-8584　東京都千代田区富士見1-8-19 03-5216-8266（編集）
装丁者	荻窪裕司 (META＋MANIERA)
印刷	株式会社暁印刷
製本	株式会社ビルディング・ブックセンター

ISBN978-4-04-866351-9 C0193 Printed in Japan

株式会社 KADOKAWA　http://www.kadokawa.co.jp/

電撃文庫創刊に際して

文庫は、我が国にとどまらず、世界の書籍の流れのなかで〝小さな巨人〟としての地位を築いてきた。古今東西の名著を、廉価で手に入りやすい形で提供してきたからこそ、人は文庫を自分の師として、また青春の想い出として、語りついできたのである。

その源を、文化的にはドイツのレクラム文庫に求めるにせよ、規模の上でイギリスのペンギンブックスに求めるにせよ、いま文庫は知識人の層の多様化に従って、ますますその意義を大きくしていると言ってよい。

文庫出版の意味するものは、激動の現代のみならず将来にわたって、大きくなることはあっても、小さくなることはないだろう。

「電撃文庫」は、そのように多様化した対象に応え、歴史に耐えうる作品を収録するのはもちろん、新しい世紀を迎えるにあたって、既成の枠をこえる新鮮で強烈なアイ・オープナーたりたい。

その特異さ故に、この存在は、かつて文庫がはじめて出版世界に登場したときと、同じ戸惑いを読書人に与えるかもしれない。

しかし、〈Changing Time, Changing Publishing〉時代は変わって、出版も変わる。時を重ねるなかで、精神の糧として、心の一隅を占めるものとして、次なる文化の担い手の若者たちに確かな評価を得られると信じて、ここに「電撃文庫」を出版する。

1993年6月10日
角川歴彦